A verdade por trás do seu sorriso

Paloma Weyll

A verdade por trás do seu sorriso

EDITORA
Labrador

Copyright © 2020 de Paloma Weyll
Todos os direitos desta edição reservados à Editora Labrador.

Coordenação editorial
Pamela Oliveira

Revisão
Renata de Mello do Vale

Projeto gráfico, diagramação e capa
Felipe Rosa

Imagens de capa
Freepik.com

Assistência editorial
Gabriela Castro

Dados Internacionais de Catalogação na Publicação (CIP)
Angélica Ilacqua — CRB-8/7057

Weyll, Paloma
  A verdade por trás do seu sorriso / Paloma Weyll. — São Paulo : Labrador, 2020.
  192 p.

ISBN 978-65-5625-050-2

1. Ficção brasileira I. Título

20-3554   CDD B869.3

Índice para catálogo sistemático:
1. Ficção brasileira

EDITORA Labrador

Editora Labrador
Diretor editorial: Daniel Pinsky
Rua Dr. José Elias, 520 – Alto da Lapa
05083-030 – São Paulo – SP
+55 (11) 3641-7446
contato@editoralabrador.com.br
www.editoralabrador.com.br
facebook.com/editoralabrador
instagram.com/editoralabrador

A reprodução de qualquer parte desta obra é ilegal e configura uma apropriação indevida dos direitos intelectuais e patrimoniais da autora.

A editora não é responsável pelo conteúdo deste livro. Esta é uma obra de ficção. Qualquer semelhança com nomes, pessoas, fatos ou situações da vida real será mera coincidência.

Dedico este livro às mulheres que passaram pela minha vida e que me impactaram de alguma forma – amigas, funcionárias, colegas, familiares. Seria impossível citar todas aqui. Nas experiências que vivemos juntas – em algumas delas eu fui mera expectadora ou ouvinte –, perceber a força que emanava de vocês a cada adversidade foi inspirador. Em especial, agradeço a minha mãe, minha primeira referência desse poder feminino.

"Se você não sabe para onde ir, qualquer caminho serve."

(Lewis Carroll)

CAPÍTULO 1

Abril, 2017

Nunca pensei que minha vida terminaria assim. Ou melhor: nunca pensei que meu casamento com Roberto terminaria desta maneira. Dentro de um elevador. No Dia das Mães. E com nosso filho Gael, de quatro anos, esperando apenas alguns andares abaixo.

Eu achei que vivíamos uma daquelas grandes histórias de amor. Não como nos romances, é claro, mas uma história madura, bonita e real, na qual os casais superam juntos os desafios do dia a dia, fazendo com que a relação cresça. Meu sonho sempre foi envelhecer ao lado dele, curtindo nossos netos, criando novas rotinas e novas manias. Mas parece que a vida tinha outros planos para mim.

A ficha ainda não caiu. Revivo constantemente todos esses anos que passamos juntos, o dia em que nos conhecemos, tentando descobrir o que aconteceu. O que eu não percebi? Sempre me considerei uma excelente julgadora de caráter, mas eu errei feio dessa vez.

Sem emprego, sem marido, com um filho pequeno, sem suporte familiar além de Maria, minha fiel escudeira, é tudo o que restou nesse momento. Preciso recomeçar minha vida de alguma forma, mas não consigo reagir. Na verdade, tenho a impressão de que vivo em um pesadelo e que a qualquer hora eu vou acordar e ele ainda estará ali, do meu lado, me acalmando, dizendo que tudo não passou de um sonho ruim.

Maria, que é muito mais do que uma funcionária do lar, insiste para que eu saia de casa com as minhas amigas, vá a um cinema ou faça qualquer outra coisa que me tire do marasmo. Mas que amigas? Desde que me mudei para o Rio, meus "amigos" eram na verdade colegas do trabalho. Assim que fui demitida, tudo se foi. Evaporaram. Como se na verdade nunca tivessem estado ali. Não que eles fossem falsos amigos. Acontece que aquela relação só era possível porque estávamos convivendo naquele mesmo espaço todos os dias. E depois que eu virei mãe, nosso universo divergiu. Eu fiquei com os programas em família, infantis, e eles ainda no ritmo de festas e bares. O distanciamento era natural. Até mesmo porque eu nunca me dediquei a ter algo mais profundo. Eu me contentava com aquela relação profissional que era muito mais simples. O trabalho sempre ocupava oitenta por cento do meu tempo, por escolha própria, devo frisar, e o pouco tempo que restava era basicamente para dormir, comer ou ler algum livro. Fora isso eu tinha alguns poucos amigos em Salvador, mas depois que me mudei para o Rio o contato foi se perdendo. Com a morte dos meus pais, parou de vez. Cortei o contato com a minha cidade. Não tinha mais ninguém, só lembranças dolorosas demais que não justificavam uma viagem.

Maria ainda não sabe, mas ela é a minha única amiga nesse momento. Eu sabia que precisava sair do fundo do poço. Não por mim, mas por Gael. Mas hoje eu ainda não posso. Tudo o que eu quero é ficar deitada na cama, debaixo do cobertor, assistindo filmes aleatórios com a mesma roupa do dia anterior. Nunca fui de me vitimizar, sempre fui forte e determinada. Mas perceber o rumo que minha vida tomou, sem marido, sem emprego, sem pais e com uma criança pequena, me desestabilizou.

Só hoje, prometi a mim mesma, ficarei aqui nessa cama. Amanhã eu prometo reagir. E tudo será diferente.

CAPÍTULO 2

Março, 2012

Fazia exatamente cinco meses que eu tinha perdido meus pais e estava sozinha neste mundo. Com vinte e seis anos eu já não era nenhuma garotinha. Mas não ter ninguém de sangue, que me amasse incondicionalmente para compartilhar meu dia, minhas alegrias e meus medos, assustava. Apesar de morarmos em cidades diferentes, precisei perder meus pais para entender o quanto eu precisava deles. Eu podia ser independente financeiramente, ter imóvel próprio, viajar e ir para onde quisesse, mas a tranquilidade e boa parte da coragem de me jogar de cabeça em todos os meus planos e sonhos estava no fato de saber que eles estavam ali: a distância de uma hora e quarenta e cinco minutos de voo ou de um simples telefonema, para o caso de alguma coisa dar errado. Se eu tivesse uma gripe forte ou febre, em questão de horas mamãe aparecia na porta do meu apartamento. Eu já me sentia muito amada e especial naquela época. Mas reviver esses momentos de amor incondicional fazia meu peito doer. Aprender a viver sem essa bengala era um desafio e eu não estava preparada para enfrentar essa nova realidade.

Acho que por isso a minha equipe na W.K. Limited insistiu tanto para um *happy hour*. Trabalhar mais foi a saída que encontrei para passar por essa fase — ou mergulhar nela de vez, como dizem alguns — e isso afetou a minha equipe. Mais do que nunca eles desejavam que a antiga Amanda voltasse o mais rápido possível.

Não era difícil trabalhar muito na W.K. Éramos simplesmente a maior empresa de exploração de petróleo do mundo, com presença em diversos países. Estávamos agora em uma nova fase de expansão. Seguindo a tendência mundial, a W.K. queria explorar novas formas de geração de energia não poluente. Para isso, criou uma nova diretoria a fim de se dedicar a essa tarefa. A empresa praticamente duplicou de tamanho, assim como meu trabalho. Eu ainda tinha a mesma equipe, sem autorização para outras contratações, e tinha que dar conta desse novo segmento. Para mim foi fácil entrar nesse rolo compressor de trabalho. Aliviava o vazio que eu sentia. Mas a minha equipe sofria com isso.

— Vamos, Amanda, só algumas horinhas. Pelo menos assim você não precisa preparar o jantar quando chegar em casa. O que acha? Além disso, é uma ótima forma de comemorarmos o nosso resultado neste bimestre!

Fred era simplesmente terrível em incentivos. Eu já não tinha a rotina de sentar e jantar há séculos. Um pão com mortadela ou qualquer outra coisa de fácil acesso, como biscoito, já era o suficiente para mim. Quando eu tinha muita disposição, pedia uma pizza. Confesso que não sei como conseguia manter a saúde em dia considerando a forma como me alimentava. Isso me fez lembrar do exame periódico de saúde pendente. Pensar no resultado do exame de sangue me deu arrepios. Fiz uma anotação mental para maneirar nos alimentos que poderiam aumentar o colesterol. Quem sabe isso ajudasse no resultado final.

Mas Fred tinha razão. Mesmo com uma equipe pequena, simplesmente arrasamos neste bimestre. Conseguimos enfim aplicar de forma efetiva a nova Política de Expatriação, que minimizou os riscos de não conformidade na empresa. No último ano, a quantidade de funcionários que viajavam sem o visto de trabalho correto era simplesmente assustadora. E não foi fácil convencer a alta direção de comprar nossa ideia. Por isso trabalhamos com as áreas jurídicas de todos os escritórios da W.K. espalhados no mundo. Levantamos todos os casos de não conformidade, multas pagas, riscos trabalhistas. Foi um trabalho insano, mas que valeu a pena. Nada como você demonstrar quanto se perde em dinheiro para promover uma mudança de atitude.

— Tudo bem, Fred, você tem razão. Mas só por uma horinha, ok? Realmente estou muito cansada e amanhã temos uma reunião muito importante sobre a viagem de negócios a Lanzhou. Embarco em dois dias para a China e ainda temos muito o que fazer.

— *Yes*! — vibrou, animado. — Eu sabia que conseguiria convencê-la. Você não vai se arrepender.

— De repente umas cervejinhas realmente ajudem a arejar a minha cabeça. Não é isso que chamam de ócio criativo? — e todos riram.

Eu adorava aquele bar. Localizado em Botafogo, eles vendiam o melhor pastel da cidade. A decoração do espaço também nos deixava bem à vontade, com aquela luz indireta e aquele clima de boteco "pé sujo". A trilha sonora do lugar me transportava para outro mundo. Entramos direto no local e nos sentamos em uma mesa que já estava ocupada por dois homens e uma mulher. Aparentemente todos se conheciam, menos eu. Fred fez as honras:

— Amanda, essa aqui é a Nathália, namorada do Caio que trabalha na TI da W.K. E esse aqui é Roberto, amigo do Caio. Em alguns anos ele será o melhor neurocirurgião do Rio de Janeiro! Se você quebrar a cabeça, já sabe.

Cumprimentei todos com um leve aceno de cabeça e pedi uma cerveja com dois pastéis, um napolitano e outro de brie com damasco.

Fiquei acompanhando a conversa que se desenrolava. Aparentemente Roberto tinha acabado de prestar a prova de título para Neurologia e tinha fechado com chave de ouro. Foi convidado para integrar a equipe do melhor neurocirurgião do estado e estava ali comemorando.

— Achei um apartamento ótimo aqui em Botafogo, me mudo amanhã. Vida nova no trabalho, casa nova — disse Roberto.

— Aleluia! Nem acredito que você vai me deixar em paz, cara! — vibrou Caio. — Nathy, gata, teremos a casa só pra gente! Sem esse pentelho interrompendo a todo instante.

— Vou poder andar só de calcinha pela casa! Que delícia — provocou Nathália.

— Nem sonhe, gata. Só se as cortinas estiverem bem fechadas. Nada de dividir o visual com os vizinhos — disse Caio, nitidamente incomodado.

Todos caíram na gargalhada. Menos eu. Eu não me sentia confortável em compartilhar intimidades, ainda que fosse de brincadeira. E às vezes isso criava problemas. Algumas pessoas acreditavam que toda mulher independente era necessariamente extrovertida. Mas isso não poderia estar mais errado. Olha eu, por exemplo. Por mais que eu não tivesse que dar satisfações da minha vida a ninguém, que seguisse a vida de acordo com meus princípios e desejos, era extremamente reservada.

Enquanto eu viajava em minha própria cabeça e conjecturas, a conversa continuava:

— Eu é que estou aliviado. Ficar ouvindo vocês todas as noites, gemendo, enquanto tentava estudar para uma prova era dose. Vocês podiam ser discretos — protestou Roberto em tom de brincadeira.

— Discretos? Isso é amor, cara! Olha a minha gata! Tem como ser diferente? — exibia Caio, para vergonha da Nathália.

Acho que por isso Roberto logo desconversou:

— E nem reclame muito, Caio, porque nos últimos dois anos eu dormi mais no hospital do que na sua casa. Mas falando sério, valeu mesmo pela acolhida. Fez toda a diferença dividir o apê nesse momento da minha vida.

— Você é *brother*, cara. Tamo junto, parceiro.

Tudo era tema de conversa para aquele grupo. Uma música que tocava fazia alguém lembrar sobre como o Grammy Award daquele ano tinha sido injusto. Eu simplesmente não conseguia acompanhar. Tinha que admitir que perdi por completo o traquejo social. Assim, lá pelas nove da noite comecei a bocejar. Era a deixa para me despedir e voltar pra casa. Mas antes que eu dissesse qualquer coisa, Roberto discretamente se virou para mim e perguntou:

— E você, Amanda, faz o quê? Trabalha com TI como o Caio?

— Não. Eu trabalho com Mobilidade Internacional.

— Interessante. Nunca tinha ouvido falar em algo parecido.

— Você não é o primeiro e com certeza não será o último — respondi reativamente.

Todo mundo que perguntava minha ocupação falava a mesma coisa. Eu tinha que dar a volta ao mundo para tentar explicar a minha profissão. Estava cansada. Por isso o modo mecanismo de defesa já estava ativado.

— O que um profissional de Mobilidade Internacional faz? A W.K. trabalha com energia, correto? Exploração, venda e refino de petróleo, se não estou errado. Então esse cargo tem algo a ver com as compras e vendas de ativos da empresa no exterior?

Estava bem informado o rapaz, devo admitir. Para um médico até que ele se interessava por outros assuntos, o que não deveria ser negligenciado. Uma raridade. Por isso olhei com mais cuidado para ele, que tinha um rosto bem expressivo e olhos claros.

— Não exatamente. Mas não deixa de estar relacionado. Eu cuido da mobilidade internacional dos funcionários da empresa.

Desloco mão de obra para atender as demandas e projetos da empresa em qualquer lugar do mundo.

— Parece complicado — disse Roberto, ao mesmo tempo em que franziu a testa.

— E é. Hoje eu cuido de mais de trezentos funcionários em cerca de quinze países diferentes, alguns deles com situação política bem complicada. Isso quer dizer que tenho que estar por dentro de todas as particularidades políticas, jurídicas e econômicas dos países e garantir que esses locais tenham a estrutura mínima para acolher o funcionário e sua família.

— Que interessante. Você viaja muito? — perguntou Roberto.

— Sim, viajo até mais do que gostaria. O time que temos em cada localidade é muito bom, mas como aqui somos a matriz, preciso visitá-los com certa frequência para garantir o alinhamento da nossa política ou para resolver pessoalmente algum problema complicado.

Depois de uma breve pausa, como se estivesse absorvendo o que acabei de contar, Roberto confessou:

— Sabe, eu nunca saí do país.

— Sério? Isso realmente me deixou surpresa. Com todas essas qualidades, o melhor neurocirurgião do Rio, achei que já tinha ido a pelo menos meia dúzia de congressos internacionais.

— Quem dera. Ainda tenho muito o que ralar — disse em tom sério. — Perdi meu pai cedo. Assim que entrei para a universidade, minha mãe continuou na sua pequena pousada em Teresópolis e de lá jamais saiu. Então o dinheiro sempre foi muito contado. Estudar e ser o melhor foi a oportunidade que vi de ser alguém na vida. Alguém importante.

Aquele surto de sinceridade com alguém que eu mal conhecia me deixou desconcertada. Nunca me abriria assim para um estranho, principalmente sobre um assunto tão íntimo. Pensei em meus pais, e falar deles para alguém que acabei de conhecer estava fora de cogitação.

— Pelo visto você está conseguindo — disse na tentativa de animá-lo.

Roberto analisou meu rosto com um meio sorriso e disse:

— Pode-se dizer que eu consegui um feito ao entrar na equipe do Francisco Niemeyer. Contudo, todos os que entraram são tão bons quanto eu. O maior desafio vem agora: conseguir me destacar em uma equipe de feras. Eu preciso estudar muito, me aperfeiçoar e encontrar meu espaço — disse concentrado, como se quisesse reforçar essa necessidade a si mesmo.

— Eu tenho certeza de que você vai conseguir, Roberto. Você parece ser muito obstinado.

— E eu sou — confirmou, mais enfático até do que uma pessoa normalmente diria.

Tomamos mais uma cerveja, olhei o relógio e vi que realmente precisava ir.

— Bem, eu adorei conhecer você, mas preciso ir embora. Terei um dia e tanto amanhã. Se eu continuar aqui na cerveja, não vai dar certo.

— Claro, eu entendo. Amanhã eu não trabalho, farei minha mudança. Caso contrário, sequer estaria aqui. Posso acompanhar você até sua casa?

— Obrigado pela gentileza, mas não precisa. Moro aqui mesmo em Botafogo, a uma quadra. Boa sorte na sua jornada.

— Obrigado. Até logo, Baby. Adorei conhecer você — disse Roberto com um sorriso carinhoso e despretensioso no rosto.

* * *

Acordei me sentindo menos disposta do que deveria. Foram as cervejas. Mas isso não me impediu de mergulhar no trabalho. No dia seguinte eu partiria para uma das minhas viagens a trabalho mais difíceis e por isso fiquei o dia todo em reunião. A China era um mercado-chave para a W.K., contudo, em algumas áreas específicas, precisaríamos de funcionários expatriados, ou seja, funcionários que fossem morar lá para conduzir os nossos trabalhos. Mas o processo de obtenção de visto não ajudava, bem como o local escolhido como base da empresa. Nos poucos dias em que eu ficaria por lá, deveria me conectar com várias pessoas das mais diversas áreas em busca de soluções para vistos, contrato de trabalho, moradia e escola. Era um mundo com uma lógica totalmente diferente do que eu vinha trabalhando até então.

Ao final do dia, consegui enfim respirar um pouco e parar para um café. Peguei meu celular que estava esquecido na mesa e vi que tinha oito chamadas perdidas. Eu não conhecia esse número, o que seria suficiente para ignorá-lo. Mas foram oito chamadas! Estava deixando o celular na mesa de novo quando ele tocou mais uma vez. Depois do terceiro toque, atendi.

— Alô?

— Amanda? Tudo bem com você?

Aquela voz não me era estranha, mas ainda assim não consegui associá-la a alguém de imediato. Devia ser o cansaço.

— Desculpe-me, mas quem está falando?

— Ah, claro! Você não me reconheceu, Baby. Nunca mais na minha vida vou me esquecer desse mico — disse a voz em um falso tom de chateação.

Ao ouvi-lo me chamando de "Baby" tomei um susto. A única pessoa que me chamou assim foi Roberto, ontem. Demorei um tempo para assimilar, e um misto de espanto e vergonha tomaram meu rosto. O "Baby" já não soava mais tão despretensioso como ontem. Ou seria impressão minha?

— Roberto? É você? Como conseguiu o meu número?

— Ui! E a situação só piora. Estou me sentindo um *stalker*. Desculpa, Amanda. Eu não achei que você ficaria chateada por eu ter pegado o número do seu celular.

Respirei fundo. Apesar de ter estranhado a insistência com o excesso de chamadas, admirei a sinceridade de Roberto e percebi que tive uma reação exagerada. Provavelmente como reflexo das minhas relações do passado.

— Desculpe-me, eu não quis ser grosseira. Só fiquei surpresa — disse em tom sincero.

— Surpresa boa, espero — disse Roberto esperançoso.

— Sim, sim, claro! — tratei de amenizar a situação.

— Não quero tomar o seu tempo. Dá pra perceber que você está bem ocupada. É que eu estou terminando a minha mudança e pensei se você não gostaria de tomar um café comigo hoje à noite.

Mais rápido do que deveria, tratei de responder:

— Ah, eu não posso, Roberto, sinto muito. Eu viajo amanhã cedo. Ainda tenho que preparar minha mala e devo sair bem tarde daqui do escritório.

— Sem problemas. Então que tal um chopp no seu regresso? Quando você volta?

— Daqui a vinte dias — disse, sem graça por jogar um balde de água fria na empolgação dele.

— Uau! Vinte dias? Vai pra onde? Pra Sibéria?

— Quase isso. China.

Silêncio na linha. Pela minha experiência, ele deveria estar pensando onde foi que ele se meteu. Eu nunca consegui ficar muito tempo em uma relação amorosa. O máximo foram dois meses com Paulo, um recorde considerando que juntos ficamos apenas quinze dias. Ele era um amor, mas tive que entender quando ele terminou comigo. Namoro consiste em sair, ir para restaurantes, cinema, viajar, conversar e estreitar laços, mas meu estilo de vida não permitia esse tipo de coisa. E eu não queria mudar a vida que eu amava só por causa de alguém. Esse assunto foi pauta de muita conversa com meus pais, que insistiam que eu apenas não tinha encontrado o cara certo ainda. Será? Bem, eu não era tão romântica assim, portanto não nutria fantasia alguma a respeito. Meu trabalho era a minha grande paixão e eu sabia exatamente o que esperar dele.

Depois do que pareceu ser uma eternidade, Roberto falou:

— Ok. Então nada de café ou chopp. Se eu vou ter que esperar tanto tempo assim, vou querer um jantar. E isso não é negociável — disse sério.

Caí na gargalhada. Definitivamente eu não esperava por isso. Pelo visto Roberto era espirituoso e bem humorado, e eu fiquei curiosa. Por isso negociei:

— Ok, Roberto, vamos fazer assim. Se você realmente esperar por todo esse tempo, o que eu duvido, eu saio pra jantar com você.

— Você acha que eu não vou esperar? Que eu sou um desses caras que não passam uma semana sem um rabo de saia? Você não me conhece, Baby. Por você, eu espero o tempo que for necessário. O único lado ruim disso tudo é que eu terei que me enfurnar no trabalho para o tempo passar mais rápido — disse Roberto em uma intensidade tocante. — E eu estou mais do que disposto a fazer isso — complementou.

Eu não sabia o que responder. Não esperava esse tipo de reação e Roberto me pegou totalmente desprevenida. Como que percebendo a necessidade de preencher o silêncio na ligação, ele continuou em um tom mais brincalhão:

— E, por favor, salve meu número de celular pra você não achar que tem um louco lhe passando mensagens de madrugada. Já vi que esse será nosso melhor meio de comunicação, mas com um atraso natural de doze horas na resposta.

E ele cumpriu a promessa. De fato, trocamos mensagens durante esse período. A estada em Lanzhou foi bem mais complicada do que eu esperava. Durante toda a estada eu precisei de um tradutor que falasse chinês, dada a recusa de algumas pessoas em conversar em inglês comigo. Em alguns casos eles se recusavam a negociar comigo pelo simples fato de eu ser mulher. De início eu batia o pé firme e insistia. Mas logo compreendi que não poderia lutar contra uma questão cultural se quisesse ser bem-sucedida. Por isso deixei meu ego de lado e pedi a ajuda do meu tradutor, que se passou por um representante da minha empresa. Como mágica, tudo transcorria na maior facilidade e com a maior simpatia. Mas lidar com culturas diferentes é assim mesmo, e temos que estar preparados, por mais que doa saber que eu não poderei fazer determinadas coisas pelo simples fato de ser mulher, ainda que eu tenha competência para tal.

Por tudo isso foi confortante ter alguém com quem conversar sobre amenidades após cada dia difícil. Eu e Roberto conseguimos estreitar nossa relação e compartilhar coisas que talvez demorassem para ser reveladas em encontros presenciais. Saber um pouco da rotina dele no hospital distraía meu dia. Apesar de ter muito trabalho, o período na China também era muito solitário. E de certa maneira Roberto me confortava. Quando eu percebi, já estava falando um pouco sobre as minhas frustações e a minha vida.

CAPÍTULO 3

Abril, 2017

— A senhora tem que comer alguma coisa, dona Amanda. Assim não dá pra ficar.

Maria estava insistindo de novo para eu almoçar. Mas não dava. Eu não tinha fome. E se eu tentasse, a comida não descia. Era como se tivesse alguma coisa travando minha garganta. Pela forma como as minhas roupas caíam, eu já devia ter perdido uns três quilos e isso não era bom.

Fazia três semanas que Roberto tinha saído de casa. Nesse meio tempo, eu não me lembro de como a casa foi abastecida de alimentos, como as contas foram pagas. Na certa, Maria deve ter dado um jeito com a caixinha de emergência. Fiz uma anotação mental para perguntar tão logo tivesse forças. A pouca energia que eu tinha, usava para respirar e para tentar dar atenção a Gael.

Gael parou de perguntar pelo pai já na segunda semana do ocorrido. Roberto saiu imediatamente de casa sem dar qualquer notícia. Eu também evitava falar dele, doía demais, e eu não saberia o que falar para uma criança de quatro anos. Às vezes acho que ele pensa que o pai está em um dos seus intermináveis plantões, já que está acostumado com sua rotina e ausências prolongadas. Desde quando Gael era um bebê, eu tive que segurar as pontas e reduzir o ritmo do trabalho enquanto Roberto consolidava sua carreira buscando a tão sonhada posição no time de elite da neurocirurgia. Foi nesse período também que ele fez sua primeira viagem internacional a um congresso nos Estados Unidos. Depois disso, não deixou de ir a mais nenhum evento.

Todos os dias, quando Gael voltava da escola, eu conseguia me desligar dos problemas e seguir a rotina com ele: tomar banho, almoçar, perguntar sobre o seu dia e brincar. Mas em alguns momentos eu me distraía e me via pensando no que tinha acontecido. Na primeira semana eu tentei ligar para o celular de Roberto todos os dias, em horários alternados e sempre caía na caixa. Por isso, depois de um tempo, desisti.

Até que, em uma tarde de sexta-feira, o meu celular tocou e era ele. Meu coração bateu acelerado, a respiração ficou agitada e as minhas mãos começaram a suar. Eu tive que conter a minha ansiedade misturada a alegria. Nos meus devaneios, Roberto queria pedir desculpas, dizer que foi um engano, que ele estava apenas estressado. Nós iríamos conversar e tudo seria resolvido.

— Maria! Maria! — gritei — Roberto está ligando!

Parecia que eu estava prestes a acordar de um sonho ruim. Respirei fundo, duas vezes, e atendi o telefone.

— Oi — disse.

— Amanda, sou eu, Roberto — disse como se falasse com uma atendente qualquer, indiferente.

— Oi, amor — eu disse, sem perceber. — Eu estava tentando te ligar — disse tentando manter uma normalidade que já não existia.

— Tenho que ser breve porque entro em cirurgia daqui a pouco. Amanhã eu quero sair com Gael. Deixe-o preparado para as onze horas em ponto — disse Roberto de forma direta.

— Tudo bem, mas... — Não tive tempo de concluir a frase, porque fui interrompida por ele mais uma vez.

— Ah, e mande por ele meus CDs de José Maurício Nunes Garcia.

Desligou.

Aqueles malditos CDs eram mais importantes do que discutir nossa relação? Anos de casamento terminam assim? Como louca corri para o escritório em busca dos mesmos. Ele os colocava em uma caixa refinada feita de couro e forrada em veludo. Como se fosse um item da mais alta preciosidade. Com a ajuda de uma pequena escada consegui ter acesso à prateleira mais alta, onde a caixa estava guardada. Afoita, peguei o volume na intenção de destruir cada um deles, reduzindo-os a picadinho, mas a foto estampada na capa me fez parar. Um senhor com roupas de padre me encarava seriamente. Por um momento pensei se não seria sacrilégio jogá-lo no chão. Não que eu fosse religiosa fervorosa. Para falar a verdade, nem sei qual é a minha religião. Fui batizada no catolicismo, é verdade, mas nunca frequentei a igreja. Mas eu acredito em algo maior, em uma força divina, em Deus. E por isso, ao olhar para aquela foto, minha fúria foi brevemente contida.

A raiva deu lugar à curiosidade. Resolvi colocar o primeiro CD para tocar. Parecia música sacra. Avancei para a segunda música, muito parecida com a primeira e logo avancei para a terceira faixa. Reconheci os primeiros acordes na hora. Olhei na capa e vi o nome da faixa: *Réquiem*. Roberto ouviu essa música em alto e bom som três dias antes de pedir o divórcio. A lembrança me veio vívida, porque foi a primeira vez que vi Roberto escutando música. Nem no carro ele gostava de ligar o rádio. "Músicas vazias", ele dizia, "sem nenhum significado especial senão a futilidade dos valores atuais". Naquele dia ele chegou em casa muito calado, pediu para não ser incomodado e se trancou no escritório. Tudo o que ouvi depois foi a música ecoando pelo apartamento, ainda que a porta do escritório estivesse fechada.

Essa canção tem um lamento triste e um coro poderoso em latim. Movida pela curiosidade, abri o notebook e digitei o nome do compositor: José Maurício Nunes Garcia. De acordo com a Wikipedia, ele foi um padre católico, falecido em 1830. Mulato, descendente de escravos, optou pela carreira na Igreja como um meio de garantir um bom futuro. Ele era um multi-instrumentista e fez sucesso durante o Brasil Império. E uma de suas composições mais famosas é essa, *Réquiem*, música oferecida durante a missa para o repouso da alma de pessoas falecidas.

Fui tomada por um arrepio sinistro, mas logo em seguida a voz de Maria me trouxe de volta à realidade:

— E aí, dona Amanda? Vocês conversaram? — perguntou Maria.

— Não. Ele desligou — respondi.

— Como assim? Ele ligou e sequer falou com a senhora? — perguntou Maria, já ficando brava. Era notório que a antipatia dela por Roberto só crescia.

— Ele disse que vai buscar Gael para passear amanhã e que eu preciso deixá-lo pronto. Não tive espaço para conversar sobre mais nada. Quer dizer, não houve conversa. Ele falou o que queria e desligou — eu disse.

A expressão de raiva que Maria trazia no rosto suavizou-se. Seu olhar deu lugar à compaixão que sentia por mim. Com uma voz calma e serena, ela disse:

— Dona Amanda, eu sei que a senhora está sofrendo. Mas já se passaram três semanas. Ele não vai voltar. A senhora sempre foi uma pessoa tão decidida, tão forte e determinada. Sei que essa força ainda está aí dentro, bem no fundo.

Olhei para Maria e me perguntei quando foi que os papéis tinham se invertido. Geralmente era eu que cuidava dela. Nossa relação se fortaleceu quando eu a ajudei a sair de um relacionamento abusivo. Ela morava com um cara há cinco anos quando ele começou a trabalhar em outra cidade, Niterói. Ela queria comprar a casa própria, mas ele era contra, insistia em morar de aluguel. Contudo, assim que Gael nasceu, a oportunidade surgiu. Com Roberto em infinitos plantões e sem suporte familiar nenhum, Maria praticamente morou aqui em casa e isso rendeu muitas horas extras ao longo de cinco meses, tempo que durou a minha licença maternidade. Com o dinheiro adicional, Maria investiu na compra de uma casinha em Campo Grande, que estava sendo vendida pelo primo de seu namorado. Ao informá-lo dessa decisão, tudo o que Maria ouviu foi um "se vira sozinha pra pagar, não vou te ajudar"; e assim ela fez.

Depois de quase um ano namorando a distância, se vendo apenas nos fins de semana, Maria descobriu que ele tinha formado uma família em Niterói e que a namorada estava grávida. Maria tentava engravidar havia anos, mas ele dizia que não queria ser pai. Descobrir isso devastou seu coração. Mas ela reuniu toda a sua força e terminou o namoro.

Mas seu ex-namorado não reagiu bem e, um dia, quando ela retornava do trabalho, entrou na sua casa recém-comprada e saiu destruindo tudo com um martelo. Fogão, geladeira, mesa, pratos, copos, ele martelava tudo furiosamente ao mesmo tempo que gritava que iria matá-la. Foi com muito esforço que os vizinhos o contiveram e o levaram embora, deixando Maria em sua casa, totalmente destruída. E o pior de tudo foi que em vez de receber o apoio daqueles que tinham sido seus amigos e vizinhos por anos, ela teve que ouvir críticas. De acordo com eles, era sua culpa o fato de ele ter constituído outra família. Onde já se viu mulher independente que comprava uma casa sozinha sem autorização do marido? Maria tinha humilhado seu companheiro, levando-o a cometer essas loucuras.

Em alguns aspectos, Maria era como eu. Sem parentes vivos, sozinha pelo mundo. Lembro-me de quando ela chegou aqui em casa no dia seguinte, extremamente assustada, contando o que tinha acontecido e dizendo ter sido seguida pelo ex-namorado com um martelo em punhos até o ponto. Eu gelei no mesmo momento. Ele não concordava com o fato de ela ter terminado e não precisar dele para nada. Nesse dia, Roberto estava em casa. Contra sua vontade, deixei Gael com ele e fui à delegacia das Mulheres ajudá-la a prestar queixa e pedir uma ordem de restrição. Mas não sem antes ouvir de Roberto:

— Só me faltava essa, você se envolvendo nessas coisas. Pobre resolve esses assuntos sozinhos, Amanda. Não se meta.

Eu estava tão envolvida com toda aquela situação, adrenalina a mil, que na hora não percebi o quanto esse seu comentário foi individualista e totalmente desconexo da pessoa com quem me casei. Mas isso não passou despercebido por Maria.

Chegamos em casa seis horas depois e encontramos Roberto com o ânimo exaltado. Ele não quis saber sobre o nosso périplo em três delegacias diferentes tentando registrar a ocorrência. Não quis saber da falta de interesse dos policiais, todos homens, em ouvir a história e que tentavam a todo instante relevar o ocorrido, aconselhando Maria a voltar para casa e desistir de tudo. Para Roberto nada disso importava, pois ele tinha perdido um encontro social. Senti vergonha por Maria ter que ouvir aquelas coisas. Por isso, a partir daquele dia nos conectamos ainda mais. Viramos uma família.

* * *

Todas essas lembranças passaram pela minha cabeça como um flash. Respirei fundo e disse:

— Você tem razão, Maria. Já chorei muito por Roberto. Já é hora de recomeçar.

CAPÍTULO 4

Abril, 2012

Depois de vinte longos dias, cheguei acabada ao aeroporto do Galeão. Foram cinquenta e quatro horas de voo. Eu estava um bagaço e tudo o que eu queria era banho e cama. Peguei minhas malas e andava distraída em direção ao ponto do táxi quando ouvi:

— E não é que você realmente voltou? Já estava me perguntando se você não tinha decidido ficar por lá, Baby.

Tomei um susto assim que reconheci a voz. Só uma pessoa na face da Terra me chamava desse jeito. Mas eu não tinha comentado nada sobre o horário ou o voo em que iria chegar. Olhei para mim mesma e vi que o meu estado estava lamentável. Eu usava uma calça de moletom preta desbotada de tão velha, camiseta do Olodum e um tênis. Meu cabelo todo embaraçado estava preso em um coque, e eu não tinha escovado os dentes! Não consigo ser como aquelas pessoas que possuem um glamour incrível ao viajar. Praticidade e conforto é o meu lema, até porque às vezes acho que o aeroporto é minha segunda casa.

Eu não tinha coragem de me virar e encarar seu rosto. Preferi esperar um tempo, parada, de olhos fechados para ter certeza de que não era uma alucinação. Tenho quase certeza de que parei de respirar por um momento.

— Vai me ignorar, Amanda? — insistiu Roberto, dando risada.

Então eu percebi que não tinha escolha, era real.

— Oi — disse timidamente. — Como você sabia que eu chegaria agora?

— Estou começando a achar que você não gosta de surpresas — disse Roberto em tom de brincadeira e simplesmente lindo com a barba recém-feita.

Era a primeira vez que eu o via por inteiro e com luz direta. Ele era bem mais alto do que eu, pálido — provavelmente pela falta de sol decorrente de tantos plantões — e estava muito bem arrumado.

— Não é isso — disse envergonhada. — Olhe meu estado. Não penteio meus cabelos há dois dias e sequer escovei meus dentes tamanha a minha pressa em sair daquele avião e chegar em casa. Se eu soubesse que você estaria aqui... — mas ele não me deixou concluir minha frase.

— Você está linda, Amanda. E não foi difícil descobrir o único voo da Air France que chegaria da China hoje. Eu sabia que você estaria cansada e aproveitei minha folga para vir aqui e levá-la para casa. E não pense que isso já é um encontro. Depois que o *jet leg* passar vou cobrar nosso jantar.

O elogio me balançou. Mas eu realmente preferia voltar para casa de táxi. Ali, naquele momento, descobri que a nossa intimidade virtual não se convertia automaticamente em uma intimidade real. Estávamos muito longe disso e eu me sentia desconfortável com sua presença. A verdade era que eu mal conhecia aquele homem. Mas não ousava dizer isso em voz alta, não queria ser indelicada. Não sei até que ponto as longas conversas por mensagem poderiam ter dado essa falsa sensação de proximidade para ele. Sem alternativa, respirei fundo e segui em frente, acompanhando-o ao estacionamento.

— Venha, meu carro é aquele.

— Uma Mercedes zerada? — praticamente gritei de espanto.

— Você entende de carros? Bom saber. Gostou? — perguntou Roberto.

— Ela é linda. É que eu não esperava que você tivesse esse tipo de carro — disse sem conseguir diminuir o meu tom de espanto e sem filtro algum.

— Como assim? Existe um tipo específico de carro para pessoas como eu? — perguntou, visivelmente intrigado.

Ainda desnorteada, resolvi ser direta:

— Não me leve a mal, Roberto, mas há menos de um mês você dividia um apartamento com seu amigo para ratear os custos e reclamava que a vida não era fácil. Então eu não esperava que você tivesse esse tipo de carro.

— Entendi — disse ele suavemente. — Bem, eu sempre gostei muito de carros e economizei muito nos últimos anos para me dar esse presente de fim de especialização. Esse é o símbolo da minha nova vida.

Calei-me e não disse mais nada, pois sabia que não era tão simples assim. Eu conversava muito com o Anderson, gerente de frota da W.K., e sabia muito bem que se um pneuzinho dessa belezura furasse, o custo de troca seria mais de dois mil reais. Sem falar do valor das manutenções periódicas. Então tudo bem que ele tivesse economizado para comprar esse carro caríssimo. Agora, mantê-lo seriam outros quinhentos. A não ser que ele não fosse de uma família tão humilde assim, o que eu desejava não ser verdade, pois não queria mais um mentiroso na minha vida. A outra opção seria ele já estar ganhando uma boa grana, o que não era viável, considerando a realidade da maioria dos médicos que terminam a residência. Por fim, existia a possibilidade de ele estar falando a verdade. Aquela Mercedes poderia ser fruto de economia de toda uma vida e ele provavelmente se daria conta do problema que arranjou quando precisasse fazer manutenção, o que era bem típico de alguns homens.

Mas na verdade eu não precisava ser convencida de nada, afinal, ele não era nada meu. Por isso resolvi ignorar.

O trajeto até minha casa foi tranquilo. Roberto era muito bom de papo. Durante cerca de cinquenta minutos esqueci o inconveniente da surpresa no aeroporto. Era incrível como eu ria fácil com ele.

— Vire à direita. Pronto, é esse prédio aqui — sinalizei.

— Você vai trabalhar hoje?

— Não. Quer dizer, mais tarde devo entrar rapidinho no e-mail da empresa para ver se tem algo que demande atenção imediata. Mas trabalho mesmo, só amanhã.

— Ok então. Descanse e nos falamos em breve, Baby.

Nos despedimos com dois beijos no rosto e fui para casa, mas durante todo o dia eu não consegui deixar de pensar na figura intrigante que era Roberto. Se ele fosse previsível, tenho certeza de que amanhã ligaria para agendar aquele jantar. Contudo, isso só aconteceu uma semana depois, para minha surpresa.

— Sentiu minha falta, Baby? Estava deixando você descansar e organizar sua vida. Afinal foram muitos dias longe de tudo.

— De fato — confirmei. — Tudo bem com você?

— Bem, uma correria. Estou trabalhando praticamente todos os dias. Essa é a hora em que tenho que fazer meu nome e ficar conhecido. Então se tem uma oportunidade, estou dentro. Mas o motivo da minha ligação acho que você já sabe.

— Claro, o jantar — afirmei.

— Você estaria livre hoje à noite? Consegui uma folga amanhã. Isso me permitirá tomar umas cervejas ou vinho com você.

Eu tinha combinado um *happy hour* com minha equipe. Mas algo nele me deixava curiosa. Ao mesmo tempo em que essas surpresas e o seu padrão de vida me causavam estranhamento, estar com ele, conversando, era muito bom! Sua companhia, seu papo, sua ponderação frente a qualquer assunto polêmico deixavam qualquer desconfiança pequena. Eu era muito seletiva para homens e com certeza iria encontrar muitos defeitos em cada um deles. Então, contrariando qualquer estranhamento, pela primeira vez resolvi arriscar:

— Posso. Nos encontramos onde?

— Te pego às oito. Na sua casa. Tudo bem? Sou um cara à moda antiga.

Era justamente isso que me encantava. Roberto falava as coisas que nenhum outro homem dizia, aquilo que uma mulher gostava de ouvir. Meus últimos "relacionamentos" eram muito práticos. Sempre nos encontrávamos no caminho e rachávamos as contas. Não estava acostumada com esse tipo de tratamento. Mas também havia um pouco de carência. As últimas pessoas que me trataram assim, com carinho e atenção, foram meus pais. Era reconfortante sentir isso de novo.

— Sim, tudo bem. Te espero, então.

Saí mais cedo que o de costume do trabalho para fazer as unhas, buço e sobrancelha. Tomei uma chuveirada longa e relaxante e, enquanto secava meus cabelos, pensava no que vestir. Como não sabia ao certo para onde iríamos, optei por uma calça e blusa preta. Coloquei um blazer azul turquesa para dar uma quebrada no visual e um maxi brinco prateado. Dei uma olhada no espelho e fiquei satisfeita: eu estava elegante sem exageros, na medida certa.

Às 19h50 eu ainda estava me maquiando quando Roberto avisou por mensagem que em cinco minutos chegaria. Foi o tempo de finalizar tudo e descer.

Lembrando dele naquela noite fica fácil entender por que eu achei que ficaríamos juntos. Ele conversava sobre tudo e demonstrava um genuíno interesse pelo meu trabalho e pelo que eu fazia. Ele me via. Diferente dos outros caras com quem eu saí que só conversavam sobre sua área, sua vida ou trivialidades do dia a dia.

— Me conte como foi sua viagem — disse empolgado. — Não é todo dia que conheço alguém que foi para a China.

— Não sei se você pode chamar Lanzhou de China. Duvido que alguém queira ir para lá por vontade própria — disse entre risos.

— Por que você diz isso? — perguntou intrigado.

— Quando falamos em China, pensamos logo em Beijing, com aqueles monumentos lindos, na Grande Muralha, enfim. Lanzhou tem muito pouco disso. É uma das cidades mais poluídas da China. O ar é carregado de produtos tóxicos e você mal consegue respirar. Ao final do dia, meu olho estava vermelho de tão irritado. Não sei como aguentei por tanto tempo.

— E o que a levou a ficar lá por tantos dias? — perguntou.

— A W.K. está sondando sobre a compra de algumas refinarias na Ásia. É estratégico para a empresa crescer. Lanzhou parece ser uma boa opção. Contudo, como esse processo não é rápido, provavelmente teremos que mandar alguns profissionais para acompanhar todos os detalhes da operação dos chineses e ver se realmente vale a pena. Isso implica moradia, acesso à saúde, ajuda consular, escola para filhos. Então eu tive que mapear tudo isso para que a empresa possa escolher o melhor candidato para aguentar tais condições. Com base nessas informações também poderemos saber quanto custará mantê-lo por lá.

— Nossa, realmente muito complicado. E a que conclusão você chegou?

Olhei para ele pensando nas possibilidades que eu tinha e disse:

— Nenhuma ainda. Agora tenho que me debruçar em todos os dados que colhi e analisar com calma. São muitas variáveis envolvidas. Devo submeter um parecer para o corpo diretivo em alguns dias com algumas sugestões.

— E aí eles acatam e você parte para executar? — disse ele com os olhos brilhando de interesse.

— Quem me dera. Na imensa maioria das vezes eles ignoram todas as recomendações por "necessidade do negócio". Então eu tenho que me virar pra mandar outra pessoa em tempo recorde que muitas vezes não é a ideal ou não está preparada para lidar com uma situação como essa.

— Mas e o que acontece se der errado? Ele pode voltar pro Brasil?

— Teoricamente, sim. Mas na prática, não. O custo de enviar uma pessoa para fora é muito alto, e o funcionário sabe que se ele desistir e voltar pode prejudicar a sua imagem. Então ele vai me encher o saco exigindo mundos e fundos, pedindo os mais diversos tipos de apoio e eu terei que ver o que eu posso fazer para deixar a vida dele mais agradável. Pelo menos até conhecermos plenamente o ambiente e termos a oportunidade de criar regras mais claras para aquele local.

— Caramba. Nós médicos estamos tão envolvidos em nosso mundinho que sequer imaginamos que possa existir uma profissão tão complexa como essa. Você é realmente muito boa no que faz, Amanda.

Confesso que fiquei feliz com esse comentário. Analisando em retrospecto, acho que foi nesse momento que deixei todas as desconfianças de lado. Ele estava ali, me ouvindo, perguntando do meu dia, valorizando o que eu fazia. Era muito difícil encontrar alguém tão disposto a aprender coisas novas e aberto a novidades.

— Esse não é um privilégio dos médicos — disse — Muita gente não sabe que mobilidade internacional pode ser uma carreira. Mas é fácil entender o porquê. Ela está mais voltada para uma necessidade interna da empresa, e não é qualquer um que pode e consegue trabalhar com isso. Você tem que gostar, sentir paixão, ou não aguenta.

— E eu nem preciso perguntar se você tem paixão por isso...

— Sou apaixonada. Essas complicações me motivam. E também confesso que é uma distração muito conveniente para mim agora.

— Como assim? — perguntou Roberto franzindo a testa.

Pronto, sem querer pensei nos meus pais, falei em voz alta e agora teria que entrar nesse assunto.

— Eu perdi meus pais há seis meses. Está sendo muito difícil seguir em frente, e o trabalho ajuda.

— Sinto muito por isso. Perdi meu pai cedo e sofri muito com isso. Posso imaginar a sua dor. E como você está lidando com tudo isso. Tem irmãos?

— Eu não tenho irmãos. E meus pais também não tinham. Meus avós já são falecidos, então pode-se dizer que estou sozinha no mundo. Exceto pelo tio Zeca, que não é bem um tio, mas o considero assim.

— Você tem contato frequente com seu tio? Decerto que isso pode ajudar.

— Mais ou menos. Tio Zeca é advogado da família e amigo de longa data do meu pai. Ele está cuidando de todo o inventário e vai vender a fábrica dos meus pais por mim.

— Seus pais tinham uma fábrica? — perguntou espantado.

— Sim, de pneus. Eles vendiam para uma grande montadora instalada na Bahia.

Mas na verdade era muito mais que uma fábrica, era um império. Meus pais eram os únicos fornecedores de uma grande montadora em toda a América Latina. Mas apesar de toda a riqueza e poder que advinham dessa situação, meus pais sempre foram pessoas muito simples e pé no chão.

— Nossa. Parece lucrativo. Você não cogitou tocar o negócio?

— Não. E acho que meus pais não iriam querer que eu trabalhasse com algo que eu não amasse. E também não me vejo morando em Salvador de novo. Muitas lembranças.

— Claro, desculpe.
— Tudo bem. Mas me fale de você. Apesar de todas as dificuldades, você tem muita sorte em ter a sua mãe. Qual o nome dela? Como ela é?
— Ana, o nome dela é Ana. Mas não tenho muito o que dizer — desconversou.
— Claro que tem, Roberto. Ela é a sua mãe — disse suavemente.
— Amanda, infelizmente nem todo mundo tem uma família feliz. Eu nunca tive um bom relacionamento com os meus pais. E depois que meu pai morreu, me afastei um pouco de minha mãe.

Calei-me por um instante, como que a refletir sobre o que ele dizia. Essa era uma realidade muito diferente da minha. Antes que eu pudesse comentar qualquer coisa, Roberto continuou:

— A minha mãe não concordava com meus planos de estudar Medicina. Eu passei na Federal justamente quando meu pai faleceu e não podia perder essa chance. Não tinha ninguém para bancar meus estudos. Ela achou que eu tinha que largar meu grande sonho e deixá-lo para outro momento. Sei lá. Talvez eu tenha sido egoísta. Mas eu batalhei três anos para entrar na Universidade Federal. Foi muito estudo, muito tempo e muito esforço para simplesmente largar. A dor da perda do meu pai era grande, mas a vida tinha que seguir.

— Nossa — suspirei —, é realmente uma situação muito difícil. Eu entendo o seu ponto de vista. Talvez a sua mãe estivesse apenas envolvida com as emoções do momento. Afinal, perder um companheiro de toda uma vida é muito impactante. Vocês ao menos têm se falado?

— Esporadicamente eu tenho notícias dela por alguns conhecidos. Eu me preocupo muito, ainda mais agora que ela já é uma idosa. Mas ela é teimosa, diz ainda estar muito magoada para falar comigo.

— Sinto muito por tudo isso, Roberto.

— Tudo bem, só não gosto de falar porque é meio chocante para as pessoas. E até pra mim, entende?

— Claro, claro. Mas e seu curso de Medicina? Como você conseguiu fazer? O curso é de graça, mas tem casa, comida, material. Ai, meu Deus! Acho que estou sendo invasiva demais. Desculpe, não precisa responder.

— Não tem problema. Essa parte foi mais fácil, pelo menos no início. Eu consegui uma vaga na residência universitária da UFRJ e isso ajudou em 80% dos custos iniciais.

— Que maravilha! — vibrei.

— Em termos. Não se podia chamar aquilo de residência. E como fica na Ilha do Fundão, ficávamos isolados de tudo. Eu ainda precisava trabalhar pra comprar o mínimo como material de higiene pessoal, asseio, roupas, cópias de material, e morar tão longe dificultava tudo. Consegui um emprego de garçom nos fins de semana em Copacabana, mas como era à noite, só conseguia voltar para casa quando o dia nascia. Por isso só fiquei lá por dois anos.

— Meu Deus. Como você aguentou o ritmo de estudos com um trabalho desses? — perguntei impressionada.

— Não foi fácil, Amanda. Mas quando a gente realmente quer uma coisa, encontra meios de fazer acontecer. Eu consumia litros de cafeína para me manter desperto. Eu sabia que não poderia desistir. Não depois de deixar minha mãe para seguir esse sonho. Qual seria a alternativa? Voltar para casa com cara de derrotado? Essa não era uma opção.

Foi um desabafo tão honesto que me fez admirar sua determinação, apesar de ele ter rompido com sua mãe por causa disso. Eu sei que não poderia julgar. Mas eu nunca romperia com minha mãe, ainda mais logo após a perda do meu pai. E por isso eu desejei secretamente que ele restabelecesse o contato com ela, assim que estivesse pronto. Ele era inteligente, determinado. Uma pessoa capaz de superar tantos desafios poderia vencer mais um. Nunca tinha conhecido alguém que tivesse enfrentado situações tão adversas e chegado aonde queria. Já tinha visto depoimentos nos jornais, documentários. Mas assim? Ao vivo? Nunca. E a minha realidade era bem diferente. Cresci no conforto de uma família de classe alta, filha única, apesar de ter sempre dado valor ao trabalho dos meus pais. Nunca me deixei acomodar por conta do dinheiro. Eu sempre quis construir o meu próprio caminho.

— Foi então que você foi morar com o Caio? — tentei dar outro tom à nossa conversa.

— Não. Eu dividi um apartamento com outros colegas em Copacabana e só conheci o Caio bem depois.

— Entendi. Obrigado por compartilhar sua história, Roberto. Realmente não foi fácil. Você deve pensar nisso sempre, não?

— Eu não penso mais nisso. O que passou fica para trás. Agora eu só quero ser o melhor no meu segmento. Deu muito trabalho para chegar até aqui, e tenho que honrar isso e aproveitar o que for permitido.

— Claro. E eu o admiro ainda mais por isso — sorri.

Às onze da noite ele me deixou na frente do meu prédio. Tão logo o carro parou, um silêncio constrangedor tomou conta do espaço. Sem graça, me despedi de Roberto com um agradecimento pela noite. Eu já ia abrir a porta do carro quando ele me surpreendeu com um beijo na face.

— Boa noite, Baby — disse suavemente. — Posso te ligar de novo?

— Pode — respondi.

Entrei em casa com um sorriso no rosto. Tirei a roupa, retirei a maquiagem, coloquei meu blusão preferido e depois de muito tempo fui dormir feliz.

CAPÍTULO 5

Abril, 2012

Passaram-se alguns dias e eu caí na boca do povo, como costuma-se dizer. A *workaholic* do pedaço também tinha vida pessoal e isso alegrava minha equipe. Ao que parece, Caio, antigo colega de apartamento de Roberto, se encarregou de espalhar a novidade.

Nossas saídas já estavam virando rotina e não demorou muito para estarmos namorando. Acostumada a relações não definidas — mais precisamente a "ficadas" que geravam um compromisso relativo de ambas as partes —, agora eu tinha um cara que fez questão de me pedir em namoro. Foi logo depois da nossa terceira saída, em meu restaurante italiano preferido. Ambiente calmo, música clássica ao fundo, luz de velas e o melhor vinho disponível.

— Eu adoro conversar com você. Essa é a melhor parte do meu dia — disse Roberto.

— Eu também — respondi.

— Que bom que você também pensa assim, porque eu tenho um grande problema — disse com uma cara muito séria.

— Problema? — me assustei. — Qual seria?

— Está muito difícil, Amanda, olhar para você e não poder te beijar. Eu fico me segurando. Sei que fui muito direto ao te ligar e te buscar no aeroporto, sei que você ficou um pouco assustada. Mas eu sou assim. Não gosto de perder oportunidades, porque às vezes elas são únicas na vida. Então eu estou tentando ser mais calmo, te dar um pouco mais de espaço para se acostumar com essa minha, digamos, determinação. Mas está difícil.

Lá vem ele, mais uma vez direto ao ponto. Não resisti e perguntei:

— E o que te impede de fazer isso agora?

Foi divertido ver o susto em seu rosto com a minha ousadia. Um brilho surgiu nos seus olhos que logo se refletiu no seu sorriso.

— Bem, agora mais nada — disse.

Dito isso, ele segurou meu rosto com as duas mãos, olhou fundo nos meus olhos com uma ternura sem fim e deu o beijo mais doce que eu já recebi. Mas aos poucos, à medida que nossos lábios iam se conhecendo, o beijo foi se intensificando, mas ainda assim foi leve, quase tímido, como o primeiro beijo deve ser.

Depois de alguns minutos, Roberto se afastou de mim, alisou meu rosto com a palma de sua mão e disse:

— Bem, eu ainda não sei o que isso significa para você, Amanda, mas eu quero mais. Por isso me responda: você quer ser a minha namorada?

Não foi possível conter minha gargalhada. Não foi por descaso; eu só não estava acostumada com romance. Mas Roberto não entendeu. E nem tinha como entender.

— Fui precipitado mais uma vez — afirmou.

— Não, não — me apressei em dizer. — É que me dei conta de que essa é a primeira vez que sou pedida em namoro, acredita?

Notando que a cara de Roberto ainda continuava tensa, percebi que não tinha respondido à sua pergunta.

— Claro que sim. Nunca pensei que teria que responder a essa pergunta. Eu aceito ser sua namorada, Roberto! — disse sorrindo.

Depois desse dia tudo aconteceu rápido demais. Com cinco meses de namoro Roberto se mudou para meu apartamento. Era a única forma de nos vermos com mais frequência. Eu viajava muito e ele vivia nos hospitais trabalhando em plantão. Vida social reduzida a zero, nosso mundo era restrito a nós dois. E era muito bom ter alguém te esperando quando você regressava de uma longa viagem. Depois da morte dos meus pais, nos braços dele finalmente tive paz e voltei a me sentir amada e cuidada.

Com um ano de namoro nos casamos no civil, no cartório do Shopping Downtown. De testemunha, apenas os mesmos amigos do barzinho. Já sabia que sua mãe, Ana, não iria, mas não sabia sobre a presença dos seus amigos do hospital. Roberto mencionou alguns contratempos de plantões e a falta de amigos nesse meio competitivo. Me incomodava não conhecer nenhum amigo dele, com a exceção de Caio, mas eu não queria me preocupar com tolices em um dia como aquele.

Eu tentei convencer Roberto a se reaproximar da sua mãe. Eu queria mesmo conhecê-la, apesar de todas as dificuldades. Depois que os meus pais morreram, percebi que a vida é muito curta para guardar ressentimentos. Ela não o apoiou quando optou por cursar Medicina, mas agora ele já era um homem formado, com vida encaminhada, e ela, uma idosa morando sozinha em uma pousada. Depois de muita insistência, Roberto cedeu. O convite foi feito, eu mesma entreguei a ele que encaminhou pelo correio, mas ela não respondeu. Entendo que a morte de seu marido tenha sido difícil, mas acho que ela deveria fazer um esforço ao menos no dia do casamento do seu único filho. Até aquele momento eu só tinha conversado com ela por telefone uma única vez e muito rápido. Ela queria falar com Roberto, que não estava em casa. Ficamos ali, as duas na linha sem saber o que dizer, até que por fim ela disse que era a mãe dele e que ligaria mais tarde. Eu me identifiquei como sendo sua noiva, o que gerou uma surpresa e um silêncio na linha. Passados alguns segundos, que mais pareceram uma eternidade, Ana disse que precisava desligar. Um comportamento tão estranho que me fez ter mais empatia por Roberto. Que mãe é essa que não ficava feliz pelo eminente casamento do filho?

Aos poucos, a carreira de Roberto foi decolando. Ele foi convidado para clinicar no consultório do seu professor e assim teria a chance de formar seu nome e clientela. Realizou suas primeiras viagens internacionais para participar de congressos e comunicou que já era hora de mudarmos de apartamento.

— Mas como assim, Roberto? Somos apenas nós dois e mal ficamos aqui — argumentei. — Esse nosso apartamento de três quartos é amplo o suficiente para a gente.

— Baby, Baby, eu quero mais conforto para você, para a gente. Não adianta viver nesse apartamento de três quartos se ele tem metragem de dois. Além disso, sequer posso parar meu carro aqui na garagem, visto que só tem uma vaga. Temos que pagar um estacionamento à parte.

— Eu sei, amor, mas trocar de apartamento não é como trocar de carro. É um investimento muito caro. Não devíamos guardar um pouco mais de dinheiro e viajar juntos, por exemplo? Ainda não tivemos nossa lua de mel.

— Amanda, teremos tempo para isso. Agora é fase de consolidar. E não se preocupe com o dinheiro, eu cuido disso. Precisamos apenas vender esse apartamento para que possamos começar uma nova vida em um outro lugar.

— Mas vender meu apartamento? Não. Eu não posso fazer isso — disse com firmeza.

— Baby, eu quero que você conheça o lugar que eu encontrei para a gente. Depois que você conhecer, conversamos sobre isso. Se você não gostar, abortamos a ideia. O que você acha?

Resolvi ser razoável, não queria bater de frente com ele nesse momento. Poderia dar um não definitivo depois que visitasse o imóvel. Mas o fato é que o nosso padrão de vida mudou muito rápido. De barzinhos de bairro a restaurantes chiques, tudo no espaço de meses. Roberto nunca me deixava pagar a conta. Eu questionava se era prudente esbanjar desse jeito, até porque ele tinha acabado de trocar a Mercedes dele por outra, zerada. Mas a sua resposta era sempre a mesma:

— Baby, você se casou com o cara mais responsável financeiramente que existe. Agora eu estou colhendo os frutos que plantei depois de tanto estudo e trabalho e quero ter a vida que sempre sonhei. Com você — complementou.

— Roberto, a nossa vida já é boa e confortável. Eu não preciso de nada mais. E esse apartamento foi presente dos meus pais. Eu entendo o seu ponto de vista, mas eu não vou vendê-lo — fui enfática. Eu sentia que precisava definir um limite em todas aquelas mudanças.

— Por que não, Amanda? — perguntou com um olhar sério.

— Depois de mais de um ano a fábrica dos seus pais deve ser vendida a qualquer momento. Não é possível que demore mais do que isso. Então você terá uma segurança financeira para toda a sua vida.

Respirei fundo tentando organizar os meus pensamentos. Pensando na melhor forma de me explicar. Pela primeira vez em nosso casamento estávamos entrando em um terreno desconhecido. Até então eu tinha sido condescendente com pequenas coisas, pequenos luxos, saídas, carro, mas apenas porque era uma escolha dele e não impactava diretamente na minha vida e valores. Mas agora era diferente.

— Não se trata de dinheiro, Roberto, mas de sentimentos. Meus pais vieram ao Rio, saímos rodando a cidade de bairro em bairro. Eles fizeram questão de que eu encontrasse um lugar onde eu me sentisse bem, acolhida, e foi esse. Quando eu olho para esse sofá, lembro do meu pai escolhendo comigo na Tok&Stok. Quando eu olho para essa cozinha, vejo minha mãe congelando comida para mim antes de voltar a Salvador. São tantas memórias boas que não quero simplesmente perder. E além disso, imóvel não se vende, já dizia meu pai.

Roberto não gostou do que eu falei, dava para perceber no seu olhar. Mas rapidamente um sorriso que não chegou aos olhos surgiu nos seus lábios e ele mudou de abordagem.

— É só um apartamento, Baby, mas se é tão difícil assim pra você, podemos apenas alugar, o que você acha? — disse tentando amenizar o clima.

Optei por não responder naquele momento, mas dei um meio sorriso. Não queria mais conversar sobre isso, mas também não queria brigar.

Eu nunca soube ao certo quanto Roberto ganhava, ele dizia que dependia do tipo e da quantidade de cirurgias e atendimentos por mês, o que fazia sentido. Nós rateávamos todas as despesas, exceto os mimos que ele se dava de presente. Não tínhamos nenhuma dívida e cada um mantinha sua poupança em dia. Então, naquele momento, não vi grandes motivos para me preocupar com a parte financeira.

No fim de semana seguinte ele me levou para conhecer o imóvel que ficava na Barra da Tijuca, quase Recreio, em um condomínio de alto padrão. Ao chegar à portaria do prédio, vi uma construção imponente, pomposa, em meio a um lugar que era um paraíso, cercado de árvores, longe da barulheira da zona sul, um verdadeiro oásis.

O apartamento era muito maior do que eu sequer poderia imaginar. Quatro suítes, e a máster tinha uma banheira com parede de vidro dando vista para a lagoa de Marapendi, um cenário de novela. Uma antessala de TV, duas salas, uma cozinha gigante com varanda e, quando eu achava que nada mais poderia me impressionar, uma área de serviço gigante com lavanderia, dois quartos de dependência e um banheiro maior do que o que eu tinha hoje. A gente não precisava de tudo aquilo. Era demais.

— E aí, você gostou? — perguntou Roberto deslumbrado com tudo que ele via.

— Sim, é lindo, mas....

— Não tem mas, Baby. Se você gostou, é isso aqui.

— Calma, Roberto. O apartamento é lindo, mas está a dezenas de quilômetros do meu trabalho. Do nosso trabalho. Já pensou quanto tempo perderíamos em deslocamento? E o preço disso aqui? Confesso que tenho até medo de perguntar.

— Baby, eu quero filhos, muitos com você. Eles vão precisar de espaço e isso aqui é perfeito. Longe daquela agitação e violência, com espaço para brincar em segurança. Sim, vai ser sacrificante para a gente, mas pense neles. E o preço está ótimo. É uma oportunidade única. O dono está endividado e reduziu muito o valor de venda do imóvel.

— Mas, Roberto, ainda assim, não sei como poderíamos arcar com isso. Minha única fonte de receita é meu salário e só. Bem, tem ainda os bens dos meus pais, mas até que eu consiga resolver a questão da venda da fábrica vai demorar muito e eu não quero me comprometer com isso. Tenho medo de darmos um passo maior do que a perna.

Olhamos um para o outro, Roberto passou a mão na cabeça, visivelmente alterado e respirou fundo. Andou até a varanda, aparentando admirar o incrível pôr do sol, e se virou pra mim.

— A primeira coisa que pensei quando vi isso aqui foi na minha casa. Não o nosso apartamento, mas a casa dos meus pais em Teresópolis. Muito verde, área para brincar e correr em segurança. Foi aí que percebi como eu sentia falta de lá — disse, Roberto. — Eu sei que parece ser muito para você, Amanda, mas tenho certeza de que esse é o lugar perfeito para a nossa família crescer. Baby, você confia em mim? — perguntou com olhos intensos.

Por essa eu não esperava.

— Não é questão de confiança, Roberto — tentei amenizar, tocada com o fato de ele falar da família com tanto carinho pela primeira vez.

— Baby, é simples. Você confia em mim ou não? Porque eu ficaria decepcionado se você julgasse que eu sou um irresponsável e desequilibrado que pode comprometer a saúde financeira da nossa família. Você não me conhece? Depois de todo esse tempo?

"Não, eu não conheço", pensei. Eu não conheço esse homem que está me encurralando e me deixando desconfortável com algo que pode mudar as nossas vidas.

Dei as costas para Roberto e fui até a varanda. Eu precisava de espaço. A vista daquele lugar era de tirar o fôlego. Tentei refletir sobre todas as concessões que já tinha feito, e me dei conta de que na verdade nunca tinha feito nenhuma. Eu simplesmente aceitava que Roberto fizesse suas grandes compras, carro, sistema de som, jantares caros, sem questionar nada. Ele não me perguntava, simplesmente fazia. Essa era a primeira grande decisão que tomávamos em conjunto pela nossa família. Era a primeira vez que ele me perguntava algo. Só que eu esperava ter mais tempo para amadurecer a ideia, para pensar. Comprar um apartamento não era como trocar de carro. Lembrei dos meus pais. O que eles me diriam em um momento como esse? Percebi que a resposta que eu daria a Roberto poderia definir o curso do nosso casamento. Será que a gente realmente poderia dar conta do financiamento? Na pior das hipóteses, se a situação ficasse financeiramente complicada, podíamos colocar o imóvel à venda. Valia mesmo a pena criar um clima de desconfiança? Foi nesse momento que percebi que estava perdendo a batalha.

— Tudo bem — disse.

— Você quer ter filhos comigo? — perguntou Roberto animado.

— Você sabe que sim.

— Você consegue visualizar as crianças, naquele prédio sem *playground*, sem acesso a nada?

— Não, Roberto, mas até lá tem muita coisa para acontecer.

— Não, Baby. Sinto que aqui é nosso lugar. E você não precisa se preocupar com nada. Eu sei o que estou fazendo — disse por fim se juntando a mim na varanda, passando os braços ao meu redor.

A distância do novo apartamento para o trabalho deixou nossa rotina complicada. Mais tempo de deslocamento, menos tempo juntos, menos conversas. Daí meu susto quando descobri que estava grávida. Não foi planejado e eu não estava preparada para um filho naquele momento, mas aconteceu. O surto foi instantâneo. Aconteceu ao mesmo tempo em que vi o resultado. Como cuidar de uma criança que tem dois pais que trabalham e viajam tanto? Até hoje não sei definir a reação de Roberto à notícia. Tão logo contei, o choque foi claro em seu olhar, o que me causou medo —, afinal, ele não queria uma família maior? Depois sua feição foi mudando, e o choque deu lugar a uma alegria que novamente não chegava aos olhos. "Faz sentido isso? Ou eu estou surtando?", pensava. Imediatamente percebi que a vida, tal qual conhecia, iria mudar. Como boa administradora, tentei amenizar a angústia e a incerteza que sentia com planejamento. Eu queria provar a mim mesma, e a Roberto, que poderíamos dar conta daquilo e manter nossa família cada vez mais forte em todo o processo. Por isso li todos os livros possíveis sobre recém-nascidos, rotinas, papinhas. Naveguei pelos blogs de pais descolados que viajam com as crianças a tiracolo pelo mundo e que não têm muita frescura. Recém-nascido não é doença, certo? É só uma questão de fazer um pequeno ajuste e tudo pode continuar a ser mais ou menos o que era antes. Pelo menos assim eu pensava. No fundo, no fundo, eu estava preocupada com o impacto que um filho poderia ter no nosso relacionamento. Depois que nos mudamos, nosso casamento nunca mais foi o mesmo. Já não nos víamos com muita frequência e Roberto pouco participou dessa fase de preparar a casa para um novo serzinho.

Pesquisei as melhores creches em período integral e, ao longo da gravidez, fui visitando, entrevistando as responsáveis, excluindo umas propriedades da lista, até ter a certeza de que tinha achado a adequada. No papel estava tudo perfeito. Até que Gael nasceu duas semanas antes do previsto e todo o planejamento foi por água abaixo.

Da sala de parto, Gael foi direto para a UTI onde ficou por longos sete dias. Durante esse tempo, fiquei sozinha na maternidade, desnorteada diante de uma situação completamente nova, da qual eu não tinha controle algum, em choque por conta da situação e completamente perdida. Roberto ficou comigo apenas no primeiro dia. Depois ele aparecia pela manhã e ao final da noite, mas sempre dormindo em casa. De acordo com ele, era necessário guardar energias para um curso que ele estava ministrando e que tinha sido agendado com um ano de antecedência. Esse curso mudaria a vida dele, disse. Teoricamente, eu ainda deveria estar em casa aguardando Gael nascer quando esse curso começasse, mas isso não aconteceu. Uma parte de mim gritava que Roberto tinha que mandar esse curso para o espaço e ficar comigo, que eu não tinha ninguém além dele nesse momento tão delicado, e foi o que fiz. Mas ele era bom com palavras, dizia que me entendia e pedia um pouco mais de paciência, visto que sua carreira dependia daquele momento. A carreira era mais importante que o filho que acabara de nascer e a esposa que estava ali, sozinha. Eu estava cansada, exausta e por isso desisti de contra-argumentar. Além disso, comecei a ser tomada por uma tristeza sem fim.

As horas passavam de uma forma estranha. Meu corpo estava ali, mas eu não estava. Eu fazia tudo mecanicamente, atendia aos comandos das enfermeiras e médicas e só. Eu sentia muita falta dos meus pais no meu casamento, mas agora essa saudade rasgava o meu peito. Como eu queria que minha mãe estivesse aqui do meu lado, me ajudando, dizendo o que fazer, que tudo ia ficar bem. Provavelmente nessa hora ela estaria aqui, me ajudando a comer, penteando meu cabelo ou falando qualquer besteira para me distrair enquanto não dava a hora para entrar na UTI. Tenho certeza de que ela faria questão de dormir comigo todas as noites, que me ajudaria a tomar banho enquanto papai organizaria tudo em casa para o nosso regresso. Mas ela não estava aqui. Meu pai não estava aqui. Nem meu marido.

Foi nesse período que eu conheci Ana, a mãe de Roberto, pela primeira vez. Ela não sabe, mas ela me salvou. Até então tínhamos conversado por telefone apenas uma vez e não tinha sido agradável. No terceiro dia de internação de Gael, ela apareceu no final da tarde, perguntando por mim. Eu não estava mais internada. Como tive parto normal, minha médica não conseguiu que o convênio liberasse a minha internação por mais dias. Por isso, agora eu passava o dia sentada na porta da UTI esperando o momento para ter meu filho em meus braços. Eu a reconheci de imediato, apesar de nunca ter visto uma foto sequer. Como se alguém tivesse sussurrado algo em meu ouvido.

— Ana? Sou eu, Amanda.

— Amanda? Oi, minha filha! Sinto muito conhecê-la nessa situação. Nos falamos somente uma vez ao telefone — disse, visivelmente constrangida. — Como você está? E o bebê?

— Estamos bem. O nome dele é Gael e está reagindo. Se tudo continuar assim, acredito que amanhã devam tirar a sonda dele.

— E Roberto, onde está? — perguntou enquanto olhava ao redor, um tanto ansiosa.

— Ele está em um curso — respondi.

— Em um curso? E você está aqui sozinha? — senti uma pontada de desapontamento na sua voz.

— Foi um imprevisto. Ele já tinha se comprometido e não tínhamos como prever tudo isso. Será muito importante para a carreira dele.

Eu me vi desesperada tentando melhorar a imagem do meu marido, defendendo-o de uma pessoa que eu mal conhecia, e eu tampouco concordava com isso.

— Você está se alimentando? Já almoçou? — perguntou, visivelmente preocupada.

Balancei a cabeça, sinalizando que não.

Ana respirou fundo, segurou minhas mãos, olhou nos meus olhos e disse:

— Então venha. Você precisa se alimentar direito para ter energia. Daqui a pouco você começa a amamentar Gael e aí você vai ver o que é cansaço. Deixa eu cuidar de você um pouco, minha filha.

Lágrimas escorriam pelo meu rosto, enquanto caminhávamos em direção ao restaurante do hospital. Se ela notou, preferiu não comentar. Percebi que esse foi o primeiro gesto de gentileza que tinha recebido desde que todo esse sofrimento começou. As visitas de Roberto eram sempre tão rápidas e quando chegávamos em casa eu simplesmente desabava na cama de tanto cansaço.

Durante o almoço conversamos sobre a pousada dela em Teresópolis, mas o tópico preferido com certeza era Gael. Para minha surpresa, ela não sabia que Gael estava internado. Perguntei-me se ela era realmente aquela pessoa que Roberto pintou. Parecia impossível. Ela era tão centrada, carinhosa. Não tinha como um filho não ser apaixonado por uma mãe como aquela.

Pouco antes das quatro da tarde, Ana se despediu. Teria que regressar para Teresópolis, visto que deixou a pousada praticamente sozinha. Apesar de ser muito esguia e forte, Ana devia ter em torno de sessenta e cinco anos. Até que ponto era saudável para ela tocar a pousada sozinha desse jeito? Teria que falar com Roberto depois.

Já eram sete da noite quando Roberto chegou para visitar Gael e me pegar. Comentei sobre a visita da sua mãe.

— Como ela soube que estávamos nesse hospital? — perguntou visivelmente alterado.

— Você não avisou? — questionei.

— Sim, claro — desconversou. — São tantas coisas acontecendo — disse de forma distraída.

Depois de um tempo, resolvi tocar em um assunto que sempre me incomodou, mas que agora eu não poderia evitar:

— Roberto, você realmente acha prudente que sua mãe toque sozinha uma pousada sem ajuda? Poderíamos subir a serra um dia desses. Vai ser bom para a gente e para o bebê. Além disso, eu gostei dela — disse.

De forma brusca, Roberto respondeu:

— Você a viu apenas uma vez e já pode afirmar isso? Vamos viver um dia por vez. Minha prioridade agora é você e Gael — disse, dando o assunto por encerrado.

"Prioridade. Engraçado ele usar aquela palavra", pensei.

No dia seguinte retomamos a nossa rotina, e às sete da manhã Roberto me deixou no hospital. Nesse dia ele não foi visitar Gael pela manhã, pois estava com pressa, o que me deixou triste. Mas para a minha surpresa, Ana já estava lá me esperando com dois cafés em mãos e foi minha companhia constante, de todos os dias, até Gael ter alta. Não sei se ela voltava todos os dias para Teresópolis ou se ela estava hospedada no Rio. Eu a convidei para ficar conosco, porém ela sempre desconversava e saía antes de Roberto chegar. Eles nunca se encontraram. Mas a presença dela era como um bálsamo no meio do temporal, e eu não queria estragar isso fazendo conjecturas e perguntas. Estava cansada. Ana fez por mim o que eu desejaria receber da minha mãe. Ela renovou as minhas forças quando comecei a fraquejar. E eu estava precisando desesperadamente disso.

Aos poucos Gael começou a ficar forte e finalmente teve alta. Em casa enfim pudemos sentir um pouco da nova rotina. As mamadas de madrugada, o dia a dia da casa e a exaustão que isso dava. Raramente Roberto se revezava comigo durante a madrugada, o que me abalava. É como se nosso casamento estivesse mudando, tomando um rumo que não era o que eu imaginava. Nem o que ele me prometeu. Gael trocava o dia pela noite e me ajustar a essa realidade deu muito trabalho. Outra coisa que pesava é que não tínhamos empregada e manter a casa arrumada ou preparar uma refeição decente era um problema. Pensei se talvez não devêssemos ter alguém para ajudar nesse momento, mas Roberto preferiu ter a casa só para nós. "Sem estranhos circulando", dizia. Considerando que levaria tempo para achar alguém, treinar e fazer a coisa realmente funcionar, concordei, apesar de não muito convencida.

Os dias foram passando e eu e Gael fomos encontrando nosso ritmo, mas não era fácil. Ele ficava congestionado com muita frequência. Muitas noites perdidas em emergências pediátricas, ou com ele dormindo no meu colo, a única forma que tornava o ato de respirar mais fácil. Não saber o que fazer era desesperador para uma mãe de primeira viagem como eu.

Quando ele fez quatro meses, uma semana depois de começar na creche e do meu retorno da licença maternidade, pegou uma virose violenta que o deixou outros quinze dias na UTI. Era o prenúncio do que estava por vir. Nosso filho era o que os médicos chamavam de "bebê piador", ou seja, ele era mais sensível que a maioria dos outros bebês e sempre que acometido por um resfriado ou alergia tinha dificuldades para respirar. Quando em uma crise, era possível ouvir o chiado que emanava do seu peito;

era preciso ter cuidados redobrados, ficando inclusive fora da creche até que fosse um pouco maior e seu pulmão mais forte.

Eu estava doida para voltar a trabalhar, mas toda essa situação me quebrava ao meio. Em um tempo recorde, eu precisaria encontrar alguém de confiança para ajudar e retomar minha rotina no trabalho. Já tinha programado uma viagem para a Argentina e outra aos Estados Unidos que eu consegui postergar por quinze dias. Na sequência, eu ainda teria que passar pela Europa. Não sabia como daria conta de tudo isso. Nesse estágio do nosso casamento, o cansaço era uma coisa absurda, a falta de sono era torturante e o humor já não era o mesmo. Como resultado, eu e Roberto brigávamos por qualquer besteira.

Eu ainda não sabia como daríamos conta daquilo. Mesmo que eu achasse uma pessoa, ela ainda seria uma estranha que ficaria sozinha com meu filho na maior parte do tempo. Roberto sempre chegava tarde em casa e eu duvido que isso fosse mudar agora. Em uma noite dessas, tentei conversar com ele:

— Amor, e sua mãe? Será que ela não pode ficar uns dias aqui? Eu viajaria mais tranquila assim.

— Minha mãe não é uma alternativa, Amanda, ela trabalha tanto quanto você e ainda mora em outra cidade. Eu vou me programar para chegar em casa mais cedo.

— Mas ainda assim, Gael ficará com uma pessoa que conhecemos por quanto tempo? Quinze dias? E os remédios dele? E se Gael cansar?

— Várias mães fazem isso desde que o mundo é mundo. Você só precisa se controlar. Além disso, eu sou médico, não se esqueça disso — disse me cortando.

Não prolonguei a conversa porque não queria brigar de novo. E acho que os anjos ouviram a minha prece. Secretamente telefonei para Ana, que me indicou uma pessoa maravilhosa. Seu nome era Maria. Conversamos por alguns minutos e ela me passou uma tranquilidade imensa. Perguntei se ela poderia fazer um teste no dia seguinte, o que ela prontamente concordou. Assim que chegou em casa, ela foi tomar banho. Estranhei, mas fiquei calada. Contudo, ela mesmo fez questão de esclarecer posteriormente: disse que toma banho porque o ônibus tem muita gente, é sujo e Gael não poderia ficar exposto daquele jeito. Naquela hora eu tive a certeza de que, por mais que doesse ficar longe por tanto tempo dele, tudo ia ficar bem.

Depois de ter filho eu nunca entendi as mulheres que engravidam para segurar casamento. Isso não existe. Filhos, principalmente o primeiro, são um verdadeiro teste. E o nosso passou por um turbilhão até se ajustar. Aos sete meses de Gael, tanto eu quanto Roberto já tínhamos ideia do que estávamos fazendo, principalmente com relação às suas crises respiratórias, e a rotina passou a ser menos pesada. Com o tempo, conseguimos transformar nosso casamento em algo diferente. Tinha outra pessoinha ali, e nossa relação precisava evoluir. Pelo menos eu lutava por isso. Então trocamos os happy hours em bares por noites de queijos e vinhos em casa. Nossas noites de amor passaram a ser mais previsíveis e raras. Com a rotina da semana, o cansaço não deixava espaço para improvisos. Mas a gente se divertia, ou pelo menos eu achava.

No trabalho eu consegui reduzir bastante minhas viagens, mas Maria era quem me salvava e me deixava tranquila para realizar minhas obrigações. Mas isso doía. Ao retornar ao trabalho, a sensação que eu tinha era de que as pessoas esperavam que eu falhasse a qualquer momento. Ou que tivesse que sair correndo para acudir meu filho, deixando de lado negociações importantes. Era como se eu tivesse que demonstrar todo o tempo que o trabalho era mais importante e que eu ainda vestia a camisa da empresa. Eu não era mais aquela que saía tarde da noite, todos os dias. E por mais que eu me esforçasse e desse conta de tudo, eu tinha a nítida impressão de que eles não me enxergavam mais como a mesma profissional. Eu tentava encontrar um ponto de equilíbrio, que logo depois percebi que não existia. Simplesmente não dava pra ter tudo; trata-se de escolhas. E a cada dia eu me via com "a escolha de Sofia". Saía em disparada quando tinha que sair, mas perdia muita coisa também, como a primeira vez que Gael andou, a primeira vez que ele comeu papinha, ou quando ele disse "mamãe" sem eu estar lá.

Apesar de todas as angústias, eu fui me ajustando, trabalhando de uma forma diferente. Não podia perder tempo com cafezinho ou uma hora de almoço. Tempo era luxo. E eu ficava superfocada para entregar tudo o que eu precisava em um horário comercial, considerando que ainda tinha uma viagem de ao menos uma hora e meia para chegar em casa pela Linha Amarela — se o trânsito ajudasse.

Tão logo Gael completou três anos, a minha empresa foi vendida para uma multinacional chinesa. Eles tinham o dobro de expatriados ao redor do mundo e uma política totalmente diferente da nossa. Já dava para imaginar o que iria acontecer com o meu emprego.

O fato de o mercado do Rio de Janeiro estar em crise me preocupou um pouco. Mas com Roberto trabalhando e a minha poupança intocada, daria para segurar as pontas.

Conversei com ele sobre isso assim que chegou do hospital.

— Bem, essa não é uma notícia boa. Com certeza será um desafio, Amanda. Mas agora eu também estou em uma situação mais confortável, já poderia reduzir um pouco o ritmo de trabalho, mas vou mantê-lo até vermos como fica — disse.

Suas palavras não condiziam com o seu corpo, que me dizia outra coisa. Eu esperava carinho, que ele me abraçasse, me consolasse. Que dissesse que tudo ficaria bem, que eu sou uma profissional qualificada e que a qualquer momento alguma coisa apareceria para mim. Mas ele não fez nada disso e se manteve distante. Porém, agora eu não podia fraquejar, tinha que planejar nosso futuro. Com certeza ainda existiam parcelas do apartamento em aberto, entre outras despesas como escola, Maria, plano de saúde etc.

— Precisamos conversar sobre nossas despesas. Teremos um impacto financeiro em nosso estilo de vida — disse.

— Sim, teremos que fazer algumas contas. Você acha necessário manter Maria aqui? Agora que você ficará em casa? — questionou.

— Acho muito cedo para tomarmos uma decisão como essa, não acha, Roberto? Eu ainda não fui demitida e com certeza Maria será útil quando eu conseguir me relocar. Não convém recomeçar tudo do zero.

Ele anuiu com a cabeça e continuou:

— Quando falei em rever despesas me referi a gastos que podemos começar a cortar antes que a minha renda caia, assim teremos uma poupança maior — disse. — De repente podemos juntar nossas economias em um investimento mais lucrativo. Com um montante maior, o rendimento aumentará também.

— Não sei, Roberto, tenho medo de colocar todos os ovos na mesma cesta — disse.

— Sim, eu também. Mas acho que essa é uma alternativa que você não pode declinar assim tão rápido. Façamos o seguinte: converse com o gerente onde temos conta conjunta e veja as possibilidades de investimentos conservadores ou moderados. Faça simulações e veja se vale a pena.

— Pode ser. Mas não sei se isso será o suficiente.

— E a fábrica dos seus pais? Alguma notícia? Em três anos seu tio não conseguiu nenhum comprador?

— Ainda não. Eu faço questão de vender para alguém que absorva os funcionários que estão lá há anos.

— Mas, Amanda, depois de três anos você precisa rever isso. Esse tipo de indústria tem novas tecnologias que a tornam mais produtiva e competitiva e já é desnecessária tanta mão de obra. A situação do país não está tão boa assim, e você pode perder a chance de vender a fábrica. Isso, sim, é preocupante — disse Roberto. — Você ao menos tira algum pró-labore?

— Não. Combinei com tio Zeca que tudo seria reinvestido na empresa, justamente para que ela possa continuar sendo competitiva. Nunca precisei desse dinheiro, Roberto, e não quero me acostumar com isso agora — pontuei.

Essa conversa me deixou um pouco apreensiva, porque nunca conversamos sobre dinheiro e sempre nos relacionamos na abundância. E agora teríamos que nos adaptar a uma nova situação e isso poderia mudar tudo.

Um ano depois eu estava desempregada. Eram meados do mês de abril. Mas antes disso, por quase seis meses, durante a transição de venda, eu vivi no inferno. Demiti em torno de cinquenta pessoas que se reportavam diretamente a mim aqui no Brasil e na América Latina. Em outros lugares do mundo tive que comunicar os funcionários que seriam desligados e providenciar o repatriamento para as suas cidades de origem. Foi um clima terrível: famílias desesperadas pois não sabiam como manteriam seu padrão de vida. Mas o que mais partiu meu coração foram aqueles que foram obrigados a retornar a países falidos (ou quase falidos), sem nenhuma perspectiva de vida. Pessoas brilhantes, com filhos que tinham frequentado por anos as melhores escolas do mundo. E agora tudo tinha acabado. Acho que por isso nem sofri tanto quando chegou a minha vez. Já tinha chorado tudo o que tinha para chorar e, comparativamente, eu ficaria melhor que muitos deles. Quando a diretora de RH me chamou, eu já sabia que era a minha hora. Eu já tinha preparado o terreno para a nova empresa e eles não precisavam mais de mim. De certa forma foi até um alívio perceber que eu não teria que lidar com notícias terríveis por mais tempo.

Tentei me adaptar em casa. Nas duas primeiras semanas me senti como um peixe fora d'água. Maria arrumava a casa e cozinhava. Gael ia para a escola de manhã e eu não tinha ideia do que fazer. Então comecei a arrumar gavetas, documentos, qualquer coisa que preenchesse o meu tempo até Gael chegar da escola com o transporte escolar, que eu não suspendi na esperança de me recolocar rápido no mercado. Passamos a estabelecer uma nova rotina, para a alegria dele, de almoçarmos juntos na mesa. Depois eu dava banho, brincávamos um pouco e fazíamos a atividade de escola. À noite jantávamos, ele tomava outro banho e eu o colocava na cama. Antes de dormir rezávamos agradecendo e pedindo proteção ao Papai do Céu, e ele imediatamente apagava. Era incrível como eu tinha perdido a beleza de tudo isso sem sequer me dar conta. Perceber o desenvolvimento dele diariamente me encantava. Roberto geralmente chegava em casa às oito da noite, por isso sempre perdia essa parte. Enquanto ele não chegava, eu aproveitava esse espaço de tempo para pesquisar o mercado e ver se tinha alguma novidade.

Ao mesmo tempo em que eu fiquei em casa, Roberto começou a se destacar ainda mais na sua área e a ficar mais longe. Passou a palestrar em congressos e conferências no Brasil e no exterior. Eu dava o maior apoio, mas o meu coração apertava toda vez que ele viajava. Com essa rotina dele, a gente se afastava cada vez mais, caminhando por uma estrada sem volta. Eu tinha a sensação de que o fato de ter parado de trabalhar interferiu em algo, como se eu não fosse mais relevante e isso me deixava magoada. Quando ele chegava em casa, estava sempre tão cansado que não tinha paciência para conversar sobre os problemas da casa, avisos da escola de Gael, assuntos pequenos, como ele mesmo dizia. Eu também queria que ele curtisse o filho, porque isso era muito importante. Gael estava convivendo muito pouco com o pai. E era justamente nesse momento que eu precisava conversar com alguém. Tanta coisa me angustiava e me assustava! Eu nunca tinha ficado desempregada na vida. Se eu estivesse sozinha acho que não teria tanto drama, mas com filho, escola, natação, empregada, mercado e contas mais caras, isso me preocupava. Eu não sabia ao certo o quanto Roberto ganhava e, quando dei entrada no meu seguro desemprego, fiquei horrorizada com o valor que receberia. Era doze vezes menos do que eu estava acostumada. Não dava para nada, nem para pagar a escola de Gael ou o salário de Maria. Por isso comecei a usar todos os recursos que tinha para esticar nossa poupança, somando nossos investimentos e economizando o máximo que eu podia.

No final de abril, ele disse que ficaria quinze dias direto na cidade, sem viagens, o que me deixou feliz. Finalmente teríamos um tempo para ficar juntos, relaxar à noite, tomar um vinho e conversar sobre nossos planos e nossa nova vida. Mas não foi bem assim. Ele ainda chegava em casa muito tarde e operava todos os sábados. Como no domingo ele tinha que fazer o pós-operatório, eu e Gael ficávamos praticamente sozinhos.

Até que no sábado, véspera do Dia das Mães, ele não saiu para trabalhar.

— Não tem cirurgia, amor? — Eu ainda o chamava assim. Precisava tentar manter a nossa intimidade a todo custo.

— Não. Confesso que tenho trabalhado muito. Tirei esse final de semana para ficar com vocês e resolver algumas coisas. Vou levar Gael para jogar futebol daqui a pouco.

Minhas preces estavam sendo ouvidas. Com isso respirei aliviada. Parecia que as coisas estavam voltando aos eixos. Finalmente um sinal de mudança. Por isso eu fiz de tudo para que esse dia fosse memorável.

Fomos ao parque, almoçamos em casa como uma família, brincamos muito. À noite, quando Gael dormiu, aproveitamos para tomar o nosso vinho, e eu não falei nada sobre meus medos e toda angústia que guardava dentro de mim. Não queria estragar aquele momento. Estava tão bom ter ele só para mim de novo... Sentir seu cheiro, seu calor ali, ao meu lado... Conversamos sobre o início do nosso namoro, demos muitas risadas e nos beijamos. Ah, como eu sentia falta daquele beijo. Já estava acostumada com aqueles selinhos corridos do dia a dia e tinha me esquecido como era bom beijar de verdade. Ficamos ali por um bom tempo, eu no colo dele, sentindo o cheiro do seu pescoço, até que ele me carregou para o nosso quarto. Naquela hora eu não me lembrei de Gael, que ele poderia acordar a qualquer minuto. Eu estava inebriada por aquele momento. Meu corpo estava sedento, carente daqueles toques. Por isso me entreguei ao meu marido como nunca tinha feito. Eu me entreguei com toda minha alma e ali, na cama, nos braços dele, percebi que tudo estava bem. Ele sabia como me tocar, onde me beijar e, no ápice do amor, eu esqueci meu nome, nossos problemas. Quando tudo terminou, ele adormeceu, abraçadinho a mim e, nesse momento, eu chorei. Chorei de agradecimento e pedi perdão a Deus pelas minhas preocupações infundadas. Eu tinha um marido maravilhoso que me amava. Um marido que estava muito ocupado e se sentindo mais responsável também, já que por um tempo ele seria a única fonte de renda da casa. E com essa sensação de paz eu dormi, profundamente.

No dia seguinte, acordei com meu melhor sorriso no Dia das Mães. Preparei nosso café da manhã e logo depois Roberto desceu com Gael para brincar enquanto eu aproveitava para arrumar as coisas. Como sempre acontecia em datas comemorativas, iríamos almoçar fora. Assim que eles voltaram, dei um banho em Gael e ele pediu para nos esperar na casa do Fábio, seu amiguinho do sétimo andar. Falei com a mãe dele e vinte minutos depois deixei Gael em seu apartamento.

Ao voltar para casa, Roberto já estava tomando seu banho. Aproveitei que estávamos sozinhos, tirei a minha roupa, entrei sorrateiramente no box e abracei-o por trás, colando seu corpo ao meu. Imediatamente ele se assustou e se afastou:

— O que você está fazendo, Amanda?

— Não se preocupe, amor, Gael está na casa do Fábio. Pensei que poderíamos aproveitar e namorar um pouquinho. Não é sempre que temos um tempinho assim. — Tentei dar-lhe um beijo, mas ele virou o rosto.

— Eu... Eu estou tomando banho. Agora não é o momento — disse ríspido.

— Mas... — Fiquei sem palavras. Não era esse tipo de atitude que eu esperava depois da noite anterior.

— Pronto, já acabei. Aproveite e tome o seu para sairmos logo antes que o restaurante fique insuportável. Não fizemos reservas, temos que chegar cedo — então rapidamente ele se enrolou na toalha e saiu do banho me deixando ali, atônita.

Fiquei pensando no que tinha acontecido. No que tinha mudado de ontem para hoje. Eu tinha feito alguma coisa? Já tínhamos transado no chuveiro outras vezes, não tinha nada de novo aqui. A não ser o fato de eu não ter ganhado um presente nesse ano. Será que ele estava constrangido? Sinceramente, com tudo o que aconteceu, eu nem me importava. Gael me trouxe uma florzinha que ele fez na escola e isso já era o suficiente pra mim. Sem entender nada, fechei meus olhos e deixei a água molhar meus cabelos. Tentei relaxar e esquecer. Com certeza não era nada demais e eu estava exagerando.

Quando saí do banho, Roberto já estava pronto.

— Temos que sair em dez minutos — disse.

— Eu me arrumo rapidinho. E depois é só pegar Gael no 703.
Olhei de soslaio para ele e tudo parecia normal. Coloquei meu melhor vestido, me maquiei e em dez minutos estávamos saindo de casa. Assim que o elevador chegou, entramos. E do nada ele disparou:

— Quero o divórcio.

Meu pensamento estava no tempo que iríamos levar para chegar ao restaurante. Se pegaríamos fila ou não. Então eu realmente não entendi o que ele disse.

— O quê?

— Eu quero o divórcio. Não quero mais ficar casado com você.

Parei de respirar por um momento. Foi um ato involuntário. Quando retomei o controle das minhas funções respiratórias, fiquei de frente para Roberto e perguntei:

— Roberto, o que é isso? Alguma brincadeira de mau gosto? — e comecei a tremer. Meu cérebro ainda não tinha entendido o que estava acontecendo, mas meu corpo, sim. A energia que emanava do seu corpo para o meu mudou. — Acho que você tem trabalhado muito, amor.

Então com uma voz carregada de ódio e raiva ele disse:

— Você não ouviu? Quer que eu repita? EU QUERO O DIVÓRCIO. Eu não aguento mais viver com você. Eu tenho nojo de você. Nojo!

— Que brincadeira é essa? E ontem? Você me amou ontem, Roberto! Ninguém faz isso para depois se separar! — gritei.

E com uma voz baixa, controlada, mas ríspida, ele cravou os olhos em mim e falou:

— Aquilo ali foi uma foda de despedida. Pensei que assim você estaria mais relaxada para fazer o que tem que ser feito, mas pelo visto não funcionou. Está grudando em mim de novo.

E de repente a porta do elevador abriu no sétimo andar e demos de cara com Gael, seu amiguinho e sua mãe. Ela percebeu que tinha alguma coisa no ar, a minha cara entregou. Por isso murmurou apenas um "bom dia" acanhado, empurrou Gael para dentro e fechou a porta do elevador de novo.

Antes que eu pudesse dizer qualquer coisa, Roberto disse:

— E vê se não faz nenhuma cena na frente dos outros, lá no restaurante.

"Restaurante?", falei pra mim mesma. "Ele ainda ia manter os planos de almoçar fora?", me espantei.

Faltavam-me palavras. Eu tentava processar aquilo tudo e não conseguia. Um homem que não se parecia em nada com meu marido me pediu o divórcio dentro de um elevador, disse que tinha nojo de mim — apesar de ter feito amor comigo como nunca na noite passada — e ainda estava me levando para almoçar fora. Sem me dar chance de falar nada.

As horas seguintes foram torturantes. Chegamos ao restaurante e como sempre não houve tempo nem espaço para conversa. Roberto agia normalmente, mas já não me dirigia a palavra. Eu queria chorar, gritar, mas não podia, restaurante lotado e meu filho ali, na maior felicidade, sendo mimado pelo pai em todos os sentidos. De repente Gael passou a ter o pai inteiramente dedicado a ele. Não toquei na comida e não tenho certeza se Gael se alimentou direito. Não consegui prestar atenção em nada. O meu corpo tinha se desligado da minha mente mais uma vez. A primeira vez que isso aconteceu foi quando Gael tinha acabado de nascer, estava internado na UTI e Roberto tinha me deixado sozinha para fazer um curso. Na época, achei que era algo hormonal, mas agora estava claro que não era o caso. O meu cérebro encontrou uma forma interessante de se proteger de situações absurdas.

Chegamos em casa duas horas depois. Eu ainda me recusava a acreditar que realmente tinha escutado aquelas palavras no elevador. O problema não era o pedido de divórcio. Eu mesma vivia com esse fantasma me seguindo todas as vezes que nos afastávamos. O problema era a forma como isso aconteceu. Aquelas palavras, aquele ódio. De onde veio aquilo? Tinha que ter alguma explicação. Como ainda faltava muito para o anoitecer, coloquei uns desenhos animados na TV. Quando eu tive a certeza de que Gael estava entretido, fui atrás do meu marido no quarto e o encontrei arrumando as malas.

— Estou saindo de casa — disse.

— Precisamos conversar, Roberto. Eu não entendo...

Fui cortada por seu olhar. De novo o ódio direcionado a mim. E na noite anterior eles estavam cheios amor. Como aquilo era possível? Eu me contive e esperei ele dar o próximo passo. Roberto levou as malas para a sala, deu um beijo em Gael e disse que viajaria a trabalho. Como sempre, Gael nem reagiu. Estava acostumado a não ter o pai por perto.

Na saída, ele olhou pra mim e limitou-se a dizer:

— Um advogado entrará em contato. Não vai faltar nada para você e Gael.

Mas não foi bem assim.

***

Duas semanas após o fatídico dia, recebi uma notificação judicial endereçada a mim informando sobre a inadimplência no pagamento do apartamento em que morávamos. O atraso era de seis meses. Mas o imóvel não estava registrado em meu nome. Roberto tinha comprado em nome dele. De repente lembrei-me dos inúmeros documentos que assinei ao longo dos anos com a justificativa de ser seguro de vida. Cheguei a ler a primeira página, mas, fala sério, quem é que lê um contrato de seguro de vida inteiro, já que você não está contratando nada? Apenas sendo um dos beneficiários? Ele não teria a coragem de fazer isso comigo, teria?

Fui à gaveta do escritório atrás do contrato de compra e venda do imóvel. Ele tinha que estar em algum lugar por ali. Revirei as gavetas, as prateleiras e nada. Lembrei-me então do cofre que eu nunca usava. Qual era mesmo a senha? O aniversário de Gael? Não. Quem sabe o meu aniversário. Também não. Nem a data do nosso casamento funcionou. Pelo visto não era uma data tão importante assim. Por fim, tentei a data do aniversário de Roberto e o cofre se abriu. Dentro dele havia vários papéis e documentos. Mas em cima de tudo reconheci o convite do nosso casamento. Com curiosidade, virei o envelope e vi que estava endereçado a Ana, sua mãe. Ele nunca chegou a enviar o convite para ela. Aquilo me assustou. Deixei o envelope de lado e busquei pelo contrato de compra e venda do imóvel. Encontrei-o dentro de uma pasta e pude constatar que o apartamento realmente estava em meu nome e com minha assinatura. Na mesma pasta, também encontrei documentos de dois carros de luxo, além daquele que Roberto já tinha, e inúmeras notificações do condomínio cobrando o pagamento da taxa condominial que estava atrasada em um ano. Na última notificação tinha escrito em caixa alta e na cor vermelha que se tratava do último aviso. O valor da mensalidade era alto, de três mil reais. Com os juros, essa dívida já devia superar cinquenta mil reais. Quando a inadimplência começou, eu ainda trabalhava e rateava as despesas da casa com Roberto. Onde esse dinheiro foi parar? Um pensamento me ocorreu. Dei uma olhada nos documentos dos carros e vi que eles foram comprados há exatamente um ano. Ele comprou os dois carros e deixou de pagar o condomínio. E logo depois, deixou de pagar as prestações do apartamento.

Fui correndo ao meu notebook e entrei na nossa conta conjunta. Lá tínhamos uma boa reserva financeira, onde concentrei todas as minhas economias para que tivéssemos um rendimento maior. Assim que acessei, gelei quando vi o saldo negativo. Corri para a aba "meus investimentos" e meu mundo parou quando vi que também estava zerado. Dois milhões de reais, fruto de transferências que meus pais fizeram em vida para mim, além da minha própria poupança, sumiram. Fui ao histórico de transações e vi que Roberto fez transferências sucessivas para outra conta corrente também em seu nome. O último resgate foi feito na sexta-feira, antes do final de semana do Dia das Mães. Fiquei sem chão. Roberto estava planejando me deixar, além do mais sem dinheiro, há muito tempo.

Olhei para o relógio. Eram duas e meia da tarde. A qualquer momento Roberto chegaria com Gael e ele teria que me explicar o que estava acontecendo. Apressadamente, desci pelo elevador e fiquei esperando por ele na portaria. A espera demorou uns trinta minutos. Roberto chegou em um carro novo, que eu ainda não conhecia. Provavelmente era um daqueles cujo documento encontrei no cofre. Ele não estava só. Além de Gael, no banco do carona estava uma mulher, sorridente. Tão logo o carro parou, Roberto desceu do carro para abrir a porta para Gael e ficou surpreso em me ver.

— Boa tarde, Roberto — consegui dizer, friamente, como a situação exigia.

— Não vá fazer uma cena agora, Amanda, se controle — disse Roberto com uma cara rígida e um olhar ameaçador.

— Cena? Eu? Engraçado você dizer isso considerando que quem gosta de espetáculos aqui é você. E em grande estilo, não é verdade? — Eu estava ousada, movida pela raiva de ter sido enganada e roubada. — E como já vi que você está ocupado —

disse sinalizando com a cabeça para a mulher no banco da frente — serei bem direta. O que você fez com nosso dinheiro, Roberto? Como você deixou acumular uma dívida enorme de condomínio e financiamento do apartamento? Mais ainda, como você teve a coragem de me enganar, colocando o apartamento no meu nome?

— Pelo visto essa situação toda lhe fez bem. Tanto que resolveu se interessar pelas contas da casa de novo — disse Roberto em tom gozador. — Achei que estava se divertindo em ser uma dona de casa.

— Você sabe que não foi bem assim, Roberto. Quer o divórcio, tudo bem, mas precisamos conversar. Você não pode sumir com o dinheiro assim.

Estrategicamente bem nessa hora ele abriu a porta do carro e deixou Gael sair.

— Mamãe! Almocei pizza hoje, você acredita? O papai deixou!

Sem desviar o olhar de Roberto, eu disse:

— Foi mesmo, amor? Que legal! Você se divertiu?

— Sim. A amiga do papai é muito legal. — Virando-se para o pai, Gael perguntou: — Papai, você volta para casa hoje?

Meu filho ainda não tinha percebido que o pai tinha saído de casa. Eu não tinha conversado com ele porque julguei que ambos, pai e mãe, deveriam fazer isso juntos.

— Não, filho. O papai vai ter uma conferência e sigo para o aeroporto daqui a pouco — respondeu Roberto.

— Tá bom, papai.

Olhando pra mim, Gael perguntou:

— Mamãe, posso ir no parquinho rapidinho?

— Claro, filho. Daqui a pouco me encontro com você.

Tão logo Gael se afastou, olhei para Roberto e perguntei.

— E então? Como iremos resolver essa situação?

Roberto começou a coçar o queixo olhando para os seus pés e disse:

— Você já é grandinha, Amanda. Não me envolva nos seus problemas.

— Meus problemas? Você que criou os problemas, Roberto, não eu.

— Foi mesmo? Prove. Até onde sei o imóvel e o condomínio estão em seu nome. Portanto a dívida é sua. Meu papel é secundário nessa história. Até chegarem a mim, você terá que responder antes. E quanto ao dinheiro, como posso justificar? — disse, fazendo uma pausa. — Bem, eu tive que segurar as pontas enquanto você estava desempregada. Então, é isso. Usei o dinheiro para despesas familiares — complementou rindo sarcasticamente.

"Sim, o problema era meu", pensei. "Não por isso, mas por ter ignorado todos os sinais e suspeitas que tive de você antes e durante o namoro. O problema era meu por ter seguido em frente, apesar de tudo, tamanha era a minha carência por me sentir parte de uma família de novo."

Sem esperar por uma resposta, Roberto me deu as costas e disse para a mulher do carro:

— Vamos, Baby, temos um voo pra pegar. — Olhou pra mim e sorriu.

Ele queria me atingir de todas as formas. O apelido carinhoso de "Baby" já não era exclusividade minha, ou talvez nunca tenha sido. Mas a intenção dele teve o efeito oposto. Eu me vi envolvida em uma força que julgava perdida. Saí do parquinho com Gael, subi para o apartamento e disse pra Maria:

— Pronto, Maria, o dia que você tanto desejava chegou. Hora de virar a página.

CAPÍTULO 6

Dois dias depois, recebi um documento do advogado de Roberto com as condições propostas para o divórcio: divisão meio a meio de todos os bens. Como nos casamos com comunhão parcial, ele não teria direito ao meu apartamento em Botafogo nem à herança deixada pelos meus pais. Mas em compensação, como dona de um apartamento de luxo, eu teria que dividir o valor do patrimônio com ele, meio a meio, assim como os débitos pendentes. Quanto aos dois milhões, esses evaporaram no ar. Eu pensei na possibilidade de prestar queixa na polícia, mas seria perda de tempo. Ninguém iria acreditar em roubo. Seria difícil provar.

Entrei economicamente estável em um casamento e saí praticamente falida. Perdi todas as minhas economias. Após a venda do apartamento e a quitação dos débitos, o que sobraria mal daria para segurar as pontas pelos próximos quatro meses. Pensei logo em Maria. O que eu faria com ela?

Roberto abriu mão da guarda de Gael e propôs uma pensão de três mil reais tão logo o acordo fosse assinado. Esse valor não cobria as despesas que tínhamos. Só a escola de Gael custava dois mil reais por mês. O salário de Maria era de mil e quinhentos reais. E ainda tinha as despesas da casa. A conta não fechava. Exigir uma pensão maior demandaria uma luta que eu não estava disposta a encarar nesse momento. Roberto não tinha carteira assinada, era profissional liberal. Provar o quanto ele realmente ganhava demandaria investigação e recursos adicionais dos quais eu não dispunha. Resolvi ser pragmática: reduzir o padrão de vida e buscar um emprego.

Em menos de um mês recebi uma oferta pelo apartamento. O comprador estava disposto a pagar dois milhões de reais pelo imóvel. Atualmente eu sabia que valia muito mais, contudo, com a crise que assolava o Rio de Janeiro, não vender naquele momento significava acumular dívidas e manter um vínculo adicional não desejado com Roberto. Por isso vendi. O engraçado dessa parte é que para vender o imóvel precisei da presença de Roberto, que tinha que assinar o contrato de venda. Por isso, tão logo o dinheiro bateu na conta, as dívidas foram pagas e a sua parte foi transferida.

Arranjar emprego estava mais difícil do que vender o imóvel. Com o mercado retraído eu não consegui uma única entrevista. Ainda tinha a renda do aluguel do imóvel de Botafogo que complementava a pensão que Roberto pagava, mas não era o suficiente para pagar um novo aluguel na Barra da Tijuca e próximo da escola de Gael. Isso era importantíssimo ou eu teria um custo adicional com transporte.

Eu deveria deixar o imóvel em uma semana e não sabia o que fazer. Até que Maria, vendo a minha aflição, disse:

— Dona Amanda, a senhora já pensou em pedir ajuda? Essa situação toda é muito difícil para uma pessoa só.

— Pedir ajuda para quem, Maria? Para o céu? Eu não tenho mais ninguém nessa vida e Roberto conseguiu acabar com minha economia de uma vida inteira! Como eu pude me deixar enganar tão fácil assim, me diga? Como eu posso ter sido tão estúpida?

— Não diga isso — ponderou Maria. — A senhora tem a joia mais preciosa do mundo que é o Gael. Nem tudo foi em vão.

Ligeiramente envergonhada por ter tirado meu filho dessa equação, eu disse:

— Sim, você tem razão. Mas o ponto é que eu não tenho a quem pedir ajuda, Maria.

— Aí é que a senhora se engana. Tem a dona Ana, a mãe daquele coisa ruim.

— Ana? — disse espantada. — Há muito tempo que não falo com ela.

— Ah! Mas ela liga pra cá toda semana para saber de vocês, sabia?

— E por que ela não falava comigo? — perguntei.

Com medo de ter feito algo errado, Maria desviou os olhos dos meus, envergonhada, e torceu o pano de prato em sua mão até não poder mais.

— Ai, desculpe, dona Amanda. Uma vez o coisa ruim atendeu o telefone e disse um monte de desaforos. Disse inclusive para não falar mais com a senhora. A dona Ana não queria causar problemas no seu casamento. Então ela passou a ligar para o meu celular pra saber como as coisas estavam. Na época não vi nada de errado. Eu só dizia que estava tudo bem e ela desligava. Mas aí as coisas foram complicando... — disse Maria, interrompendo a fala.

— Complicando como, Maria? Fala logo, mulher! — disse exasperada.

— Ai! — exclamou Maria, e como que tomando coragem, continuou: — Mas quer saber de uma coisa? É melhor falar logo tudo de uma vez. Foi a dona Ana que ajudou a gente quando a senhora ficou fora de si, assim que o seu Roberto pediu divórcio.

— Ajudou? Explica isso melhor, Maria. Você contou a ela que nos separamos?

— Ai, dona Amanda. De início não contei, não. Ficava repetindo a mesma ladainha que estavam todos bem. Mas aí a coisa começou a ficar feia faltando comida, as contas chegando e eu perguntava para a senhora o que fazer e não tinha nenhuma resposta. A senhora só reagia quando Gael chegava da escola, mas ainda assim só funcionava com ele, não conseguia fazer mais nada. Eu até tinha comprado com meu dinheiro umas coisas no mercado, mas meu dinheiro acabou. Então eu não tive outra alternativa a não ser contar para a dona Ana, que ajudou a manter a casa em ordem. Ela depositava o dinheiro na minha conta e eu ajeitava tudo. Me desculpa, dona Amanda, me perdoa. Eu não queria ofender a senhora, mas eu realmente não estava conseguindo resolver a situação.

Pensei um pouco e me lembrei que cheguei a questionar, no meio dos meus devaneios, como a casa estava funcionando. "Então foi isso", concluí.

Respirei fundo e disse:

— Tudo bem, Maria, eu te entendo. Eu é que tenho que pedir desculpas, minha amiga. Obrigada por ser tão leal. Não sei o que teria sido de mim e de Gael se você não tivesse segurado as pontas — disse do fundo do meu coração.

— Então a senhora não está chateada comigo? — perguntou Maria com a cara aliviada, já largando o coitado do pano de prato, agora todo amassado.

— Não, eu não estou — afirmei. — Mas eu tenho que conversar com Ana. É reconfortante saber que tem alguém que se importa. Mas eu também tenho que dar um jeito de pagar por toda a despesa que ela teve com a gente.

Telefonei para Ana naquela mesma tarde e a conversa foi muito tranquila. Eu estava tensa por não saber ao certo quanto devia a ela pelas despesas da casa durante o período em que estava mal, mas ela foi muito amorosa e generosa.

— Não se preocupe, Amanda, vocês são a minha família e eu estou aqui para ajudar no que for preciso — disse Ana me confortando.

— Obrigada, Ana, mas eu faço questão de te pagar — afirmei.

— E você vai, minha filha, mas isso pode esperar. Agora você tem outras prioridades. Você precisa organizar primeiro a sua vida e a de Gael. Existem muitas decisões a serem tomadas que não podem esperar — ponderou Ana.

— É verdade. Para começar, tenho que ver onde vamos morar — disse desanimada.

— Como assim? — questionou Ana um tanto espantada. — E o apartamento de vocês?

— Longa história, Ana. Mas resumindo, ele foi vendido para quitar dívidas. Tenho um apartamento em Botafogo, mas ele está alugado e eu não quero perder essa renda agora que estou desempregada. Além disso, voltar a morar lá não seria prático, já que Gael estuda do outro lado da cidade — disse desanimada.

— Você chegou a buscar algum apartamento pela Barra? — perguntou Ana.

— Sim, mas os disponíveis próximos da escola de Gael estão muito caros. Provavelmente teremos que morar mais longe e a logística com transporte poderá complicar ainda mais a nossa vida.

Fez-se um silêncio na linha, como se Ana estivesse refletindo sobre o que eu tinha acabado de falar. Segundos depois, ela falou:

— Minha filha, me perdoe pela intromissão, mas eu tenho que perguntar. E o meu filho? Por que ele está deixando você resolver tudo isso sozinha?

Ela sabia que tínhamos nos separado, mas não sabia como. Ter a certeza de que Maria manteve a discrição sobre os termos do término me deixou aliviada. A verdade era que eu tinha vergonha de tudo o que estava acontecendo e expor exatamente o que aconteceu era muito humilhante.

— Não terminamos muito bem, Ana. Foi tudo muito complicado. Roberto não aparece há semanas. Aliás, desde o pedido de separação, ele viu Gael apenas uma vez. Nem sei como te explicar. Estou tão cansada... — controlei a emoção na voz, mas uma lágrima solitária escorria pelo meu rosto.

— Amanda, e se você não alugar um apartamento agora?

— Não tem como. Em uma semana tenho que entregar esse apartamento ao novo dono — informei.

— Sim, e você fará isso — confirmou Ana —, mas escute a minha ideia, minha filha. Eu gostaria muito que vocês viessem aqui para a serra e ficassem um tempo comigo. Assim vocês mudam de ares, e com calma você pensa no que pode ser feito. Não precisa alugar um apartamento com pressa e ficar presa a um contrato de aluguel que pode não ser o ideal para você nesse momento.

— Mas, Ana, Gael tem escola — eu disse.

— Sim, ele tem. Mas ele tem apenas quatro anos. Pelo que eu me lembre, e espero não estar enganada, a frequência ainda não é obrigatória para ele. Uns dias de ausência não farão mal algum — ela disse.

Ao ver meu silêncio, Ana acrescentou:

— E antes que você pergunte, Maria é muito bem-vinda. Será muito bom tê-la por aqui também e trocar umas receitas novas — disse com ânimo. — O que você acha disso?

— É uma possibilidade. Prometo que vou pensar com carinho — eu disse.

— Pense nisso como umas miniférias que te ajudarão a clarear as ideias para as próximas decisões — ponderou Ana.

Assenti com a cabeça, considerando tudo o que ela falava.

— Então, tome o tempo que precisar para pensar sobre isso e me diga. Eu estou aqui para o que vocês precisarem. Será mais do que um prazer tê-los aqui comigo por um tempo.

— Quer saber, Ana? Eu não preciso mais pensar. Eu não posso me dar a esse luxo. Tempo é o que menos tenho. Vamos, sim — disse animada. — Não sei quanto a Maria, ainda tenho que conversar com ela, mas eu realmente preciso mudar de ares.

— Maravilha! Quando vocês chegam? Tenho um motorista de confiança, quer que eu peça para ele buscar vocês?

— Quero, sim. Vendi meu carro e prefiro não dirigir nesse momento. Peça para ele vir amanhã. Estaremos prontos.

Desliguei o telefone sentindo uma pitada de esperança pela primeira vez em semanas. Sei que essa ida à serra não mudava em nada a minha situação, pois continuava desempregada e sem dinheiro, mas seria uma pausa bem-vinda.

* * *

O cheiro de terra misturado com orvalho era reconfortante. Isso me transportava para o tempo em que eu não tinha que me preocupar com nada, só em brincar. A pousada de Ana era simplesmente linda, localizada bem afastada do centro da cidade. Era necessário paciência para chegar ao local. Várias ruazinhas de terra batida, vira para a direta, para a esquerda, passa por uma pequena ponte e, finalmente, um grande casarão despontou no topo de um morro. Era de tirar o fôlego. Árvores majestosas gigantescas rodeadas por hortênsias de um roxo lindo. Ao lado da casa principal, vários bangalôs compunham o ambiente edílico ao redor de um lago. Gael não conseguia se conter de tanta excitação. Ele ainda não conhecia a sua avó e nunca tinha visitado um local como esse, tão cheio de árvores e espaço.

Tão logo o carro parou, Gael gritou:

— Uau! Deixa eu sair, mamãe, deixa eu sair!

Ao abrir a porta do carro, Gael saiu correndo em direção ao lago. Fiz menção de correr atrás, mas ouvi a voz de Ana:

— Pode deixá-lo à vontade, Amanda, o Matias vai dar uma olhada nele e ajudá-lo a explorar o lugar.

— Mas ele ainda nem falou com você — disse irritada.

— Ele é criança, filha. Teremos muito tempo para isso depois. Olhei para trás e sorri.

— Obrigada, Ana. Você realmente pensou em tudo. Nem sei como agradecer — disse sincera.

— Você não tem ideia do prazer que é ter você e o meu neto por aqui — ela disse. — Esperei muito por isso. Venha, deixa eu mostrar os seus aposentos e depois vamos tomar um chá.

— Mas e Gael? Tem certeza de que ele ficará bem? — perguntei preocupada.

— Fique tranquila — disse Ana. — Tem tanta coisa interessante para ele por aqui que ele sequer se lembrará da sua existência. E respondendo à pergunta que você não me fez, o Matias é bem responsável. Ele é um dos recreadores da pousada e está acostumado com crianças. Eu o conheço desde que nasceu. Não se preocupe, Gael está em boas mãos.

Sem graça, mas ao mesmo tempo aliviada, sorri e a acompanhei.

O prédio principal da pousada era em estilo colonial. Tinha uns detalhes em madeira na fachada principal que dava um ar imponente. Subimos a grande escada e chegamos ao que deveria ser a recepção. Apesar de grandioso, o espaço estava claramente precisando de atenção. O ambiente era dividido em três partes: a primeira era a recepção, cujo balcão separava a área dos hóspedes da área administrativa. Tinha um único computador sobre ele, que já vira dias melhores. Não sou muito *expert* em computadores, mas aquele parecia ser tão velho que eu me perguntava se ele seria capaz de se conectar ao tipo de internet que tínhamos hoje.

A segunda área era um espaço de convivência, que seria muito bonito se não fosse o piso desgastado e o sofá puído coberto com um lençol para esconder alguns buracos. Contudo, duas janelas enormes traziam a natureza literalmente para dentro da sala, o que era incrível. E, por fim, tinha uma área que parecia ter sido uma sala mais formal em algum outro momento, mas que estava tomada por cavaletes, tintas e outros materiais de construção.

Vendo que eu observava tudo, Ana comentou:

— Estou tentando reconstruir a pousada há alguns anos. Começamos pelos bangalôs e em breve chegaremos a essa parte de convivência comum. Espero poder receber hóspedes em breve.

— Eu não sabia que você tinha fechado a pousada para reforma — mencionei.

— Não fechamos. Na verdade, nunca abrimos. Quer dizer, não depois do incêndio — disse Ana visivelmente triste.

— Incêndio? Roberto nunca falou nada a respeito — disse impressionada por ele ter ocultado algo tão importante.

— Não, minha filha. O incêndio aconteceu muito antes de você conhecer Roberto. Há aproximadamente onze anos. Eu só tive ânimo para reconstruir tudo há três anos, e tem sido um trabalho de formiguinha. Mas essa é uma longa história que eu posso te contar em outro dia — disse Ana, cortando a conversa visivelmente abalada. — Venha conhecer seu quarto e o de Gael.

Subimos um lance de escadas e chegamos a um quarto que era simplesmente enorme. Em nada ele lembrava o resto da casa. Totalmente reformado, paredes pintadas em bege com sancas brancas que davam um charme todo especial. De um lado, uma cama de casal e, do outro, uma penteadeira muito antiga, mas que estava lindamente preservada. Ainda caminhando pelo quarto, vi o banheiro simples, mas muito espaçoso. Contudo, não pude deixar de notar a varanda enorme, com uma mesa, cadeiras e uma espreguiçadeira. Perfeita para casais que quisessem relaxar, tomando um vinho e admirando a vista.

— Ana, nem sei o que dizer. Esse quarto é simplesmente um espetáculo! São todos assim? — disse encantada.

— Não. Pode-se dizer que esta aqui é um tipo de suíte presidencial do campo — disse Ana, tentando despistar.

Olhei pelo espaço em busca de uma cama adicional e não vi nada.

— Mas e Gael? Podemos colocar uma cama extra ou colchão aqui — disse apontando para o espaço ao lado da cama.

— Aqui, venha — disse Ana, mostrando uma porta adjacente que abria para um quarto logo ao lado.

O quarto era um pouco menor e todo pintado em azul. As paredes eram ricamente decoradas com motivos lunares e astronautas, a paixão de Gael. Uma cama, estilo montessoriano, complementava o ambiente que estava repleto de brinquedos. Aquilo definitivamente não era um quarto comum de pousada.

— Ana — disse sem conter a falta de fôlego —, isso aqui é um sonho! Mas eu não queria que você tivesse todo esse trabalho. Esse não é um quarto típico de pousada — disse olhando para Ana com um pequeno sorriso nos lábios.

— Sim, você tem razão — disse Ana. — Mas em minha defesa, eu sou avó e tenho o direito de paparicar o meu neto.

— Eu sei, Ana, com certeza você tem. Mas eu não queria te dar mais trabalho e despesa do que o necessário — disse envergonhada.

— Quanto a isso não se preocupe, filha. A pousada nem tem data para ser inaugurada. E os quartos desse prédio não estarão disponíveis por enquanto. Começaremos alugando os bangalôs, que estão em melhores condições.

Eu deixei minha bagagem no quarto e fui conhecer o resto da pousada. No fundo do prédio principal tinha uma planície a perder de vista com um gramado verde que era um convite para as crianças correrem livremente. Foi ali que encontrei Gael brincando com Matias. Ele ria tão alto, mas tão alto que fiquei emocionada. Acho que nunca o tinha visto tão feliz e livre assim.

— Gael parece outra criança aqui — disse para mim mesma. Mas ao que parece, Ana ouviu.

— É o efeito que a natureza tem sobre as crianças. Elas precisam de espaço para correr, explorar, tocar, sentir. Infelizmente, os apartamentos nas cidades tiraram isso delas — divagou Ana.

— É verdade. Pena que nem todo mundo tenha essa oportunidade — respondi.

Ficamos um pouco em silêncio, admirando Gael correr, quando perguntei:

— Ana, Roberto cresceu aqui? Refletindo agora sobre o que conversamos, me dei conta de que sei muito pouco dele.

Uma ligeira tensão passou pelo rosto de Ana, que respondeu:

— Sim, ele cresceu aqui. Na verdade, ele nasceu aqui, em um dos quartos do prédio principal — disse Ana. Essa lembrança deixou sua feição mais suave, fazendo surgir um leve sorriso. — Roberto corria por tudo aqui. Ele aproveitou muito. Está vendo aquele lago ali? — Ana apontou. — Roberto ajudou a construir. Na verdade, foi um pedido dele. Ele queria um pedalinho para se divertir, semelhante ao que tinha visto na Lagoa Rodrigo de Freitas, no Rio. No início, a ideia pareceu um tanto exagerada, mas como éramos uma pousada, meu marido achou que isso poderia ajudar a aumentar o atrativo e de fato ele estava certo — sorriu Ana, transportada por lembranças de anos atrás. — Demorou um ano mais ou menos para a lagoa ser concluída — disse Ana —, mas tão logo concluímos, Roberto engatou em um novo projeto: construir um aviário — riu Ana.

— Quantos anos ele tinha? — perguntei.

— Não sei ao certo — Ana pareceu refletir —, uns dez pra onze anos, talvez? Quando ele concluiu a construção do aviário e emendou com o cantinho dos coelhos já era mais velho, devia ter uns catorze anos. Não era fácil construir essas coisas naquele tempo. Não tínhamos como contratar alguém, então era basicamente Roberto e o pai fazendo no tempo livre — disse Ana.

— Tem coelhos aqui? — perguntei curiosa.

— Sim! Galinhas, peixes, patos, gansos, coelhos, cabras, vacas, porcos e, agora, vamos começar uma parceria com uma fazenda ao lado com equinoterapia. E pensar que tudo isso começou com Roberto. Ele sempre achou que podíamos capitalizar mais com a pousada.

— Você falando assim parece que são pessoas tão diferentes, o seu filho e o meu ex-marido — eu disse. — Ele nunca me contou sobre as memórias dele aqui na pousada. Por isso, achei que ele não gostasse daqui.

Meu comentário tirou Ana de um transe e sua expressão logo se transformou.

— Bem, as pessoas mudam, né, minha filha? Mas me fale da Maria — desconversou. — Ela virá para cá?

Ligeiramente constrangida por ser a responsável pela súbita mudança de ânimo, eu disse:

— Sim, ela vem. Chega em dois dias. Ela ficou no Rio para finalizar a entrega do apartamento ao novo dono. Eu não queria ter que passar por isso. Depois fica pendente apenas o registro da nova escritura. Já pedi o documento ao cartório e, tão logo esteja pronto, assino e terminamos esse processo.

— Que bom. Vai ser muito agradável ter a companhia da Maria por aqui. Sei que ela é uma cozinheira de mão cheia — disse Ana.

— Muito mais do que cozinheira ou funcionária, Maria é a minha família. Não sei o que teria sido de mim e de Gael sem ela — falei com sinceridade. — Acho que tenho que lhe agradecer por isso também. Afinal, Maria foi um presente seu.

***

Os dias transcorreram em paz. Gael estava cada vez mais corado e feliz. Eu aproveitei os primeiros dias para explorar todos os cantos da pousada em caminhadas matinais. Depois eu me alternava em ajudar a Ana e a Maria nos afazeres da casa e na reforma dos quartos. E era muita coisa por fazer, caso Ana realmente resolvesse inaugurar a pousada em alguns meses.

Um projeto que me deixava extremamente feliz era a reforma dos quartos do prédio principal. Os quartos tinham muitos detalhes em madeira no piso, paredes, janelas e portas que precisavam ser lixados e envernizados. Fazer isso me relaxava. E saber que eu não precisava me preocupar com Gael, que estava se divertindo e cuidando dos animais com o Matias, me permitia perder a noção do tempo.

O trabalho era extremamente detalhista. Sendo assim, todos os dias antes de começar eu conectava meu celular à minha caixinha de música via bluetooth, colocava Daniel Jang para tocar com seu violino mágico e me entregava ao trabalho. Para o piso, Ana tinha uma velha máquina que lixava o chão. Mas nos cantos o trabalho tinha que ser manual, assim como nas janelas, portas e detalhes em madeira. Como o trabalho liberava muito pó, eu usava uma máscara e óculos de proteção, além de luvas. A parte mais complicada era lixar. Pelos meus cálculos eu demoraria em média de três a quadro dias para lixar toda a madeira de um quarto. Depois eu daria a primeira demão de verniz e deixaria secar por vinte e quatro horas. Após a secagem seria necessário lixar mais uma vez toda a madeira, de forma bem suave, e para finalizar duas camadas de verniz por todo o ambiente. Como eu conciliava a reforma com outras atividades, cada quarto deveria demorar em média oito dias para ficar pronto. Eu nunca tinha feito nenhuma atividade manual na vida, então ver o resultado do meu trabalho era algo que não tinha preço. A sensação que eu tinha era de que a cada quarto que restaurava, um pedacinho de mim ia se recompondo, cicatrizando.

Assim, quinze dias se passaram muito rápido, e eu estava finalizando meu segundo quarto. Eu não teria percebido a passagem do tempo se Maria não me desse uma desagradável notícia.

— Dona Amanda, amanhã é o dia de a senhora ir ao cartório lá no Rio para pegar a escritura do apartamento e assinar o processo da venda. Acabei de receber uma mensagem.

Sim, era isso mesmo. Além de funcionária, amiga e membro da minha família, Maria ainda me lembrava das obrigações que eu tinha na minha vida anterior.

— Jura, Maria? Tão rápido assim? — questionei.

— Na verdade até que não, né, dona Amanda? Como tudo nesse país, demorou um bocado para a senhora conseguir esse documento. E é melhor acabar logo com isso. Pegue um carro, vá na cidade e volte no mesmo pé. O bom é que fica tudo na Barra — disse Maria.

— É verdade, vou ver com Ana se consigo alguma carona. Não me sinto segura para dirigir na serra — disse.

— Ah, e tem outra coisa — disse Maria, mas dessa vez um tanto envergonhada.

— Esqueci de mais alguma coisa? — questionei.

— Não, não — Maria apressou-se em dizer. — É mais uma coisa pessoal, sabe?

— Algum problema? — questionei já preocupada. — Você sabe que pode contar comigo para tudo, Maria.

— Não é nada sério, dona Amanda, pode se acalmar. É que eu aluguei a minha casinha em Campo Grande, sabe? Então eu estava pensando em usar um pouco desse dinheiro comigo. Você acha que isso é uma bobagem? — perguntou encabulada.

— Claro que não, Maria! Por que seria? — disse entre risadas. — O dinheiro é seu, fruto do seu trabalho, e você pode fazer com ele o que quiser.

— Eu sei, dona Amanda. Mas é que pobre não pode se dar ao luxo de jogar dinheiro fora, e o que eu quero fazer é... como é que eu posso dizer? — falou tentando encontrar as melhores palavras. — Bem, minha finada mãe diria que é frescura.

— Entendo, Maria. Mas o que você quer fazer? Vamos direto ao ponto, porque assim fica mais fácil para eu te ajudar.

— Bem, como está sobrando esse dinheirinho, pensei em fazer um negócio chamado de peeling. É um creme que passam no nosso rosto, sabe? Disseram que deixa a gente mais jovem — disse Maria de forma acelerada, cobrindo o rosto logo em seguida com vergonha.

Olhei para ela com ternura. Maria tinha quarenta e dois anos, mas parecia ser bem mais velha. A vida tinha sido dura com ela. Eu sabia que, antes de ir para a minha casa, ela tinha trabalhado aqui em Teresópolis em uma casa de família onde o trabalho tinha sido bem mais árduo.

— Eu não acho frescura você querer se cuidar, Maria. Na verdade, eu acho isso o máximo. Temos que cuidar da gente também — disse com suavidade.

— A senhora acha mesmo? — perguntou animada.

— Sim, acho. É muito importante a gente se sentir bem e feliz consigo mesma. Só que você tem que ver com cuidado onde pretende fazer o tratamento. Tem que ser um médico ou uma esteticista certificada, caso contrário, você pode ter problemas com sua pele ou até ficar deformada.

Eu não queria assustá-la, mas sabia que por mais que esses tratamentos estivessem mais acessíveis, ainda existiam pessoas desqualificadas passando-se por profissionais. Eu gostava muito de Maria para deixar que algo de mal acontecesse a ela.

— Sabe a irmã do Mathias? — perguntou Maria. — Ela trabalha em uma clínica superchique lá no Rio de Janeiro e veio passar uns dias aqui com o pai. Ela ofereceu um precinho camarada para mim.

— Se você tem certeza de que ela é qualificada, vai fundo! — incentivei.

Ao que tudo indicava, a calmaria e a felicidade voltava a fazer morada em todos nós. Foi bom me permitir aqueles dias de folga. A maior parte do tempo eu ficava na pousada, ajudando na restauração e cuidando de Gael que estava cada dia mais saudável. Desde que chegamos à pousada, ele não teve nenhuma crise respiratória, nenhuma alergia. Era só sorrisos. Olhar para ele correndo por todo aquele espaço aquecia o meu coração.

As raras vezes que eu saia da pousada era para comprar insumos na cidade, já que a pousada produzia praticamente tudo o que comíamos. Sair desse lugar paradisíaco e encarar a realidade que me aguardava no Rio seria um choque de realidade.

Ana conseguiu uma carona para mim com Pedro, o fazendeiro vizinho que iria tocar o projeto de equinoterapia. Ele teria que ir para a cidade no dia seguinte pela manhã e poderia me dar uma carona.

— Você ainda não o conhece, Amanda, mas o Pedro é uma boa pessoa — disse Ana. — Ele não é muito de conversar, o que pode te assustar um pouco, mas é de confiança — completou.

— Ana, por que eu tenho a sensação de que você está me preparando para algo? Esse Pedro é tão estranho assim? São quase duas horas daqui até o Rio — disse em tom de brincadeira, mas falando sério.

— Que nada, minha filha — respondeu. — É que Pedro tem uma fama muito injusta de ser mal-humorado e grosso. Mas ele é só reservado e teve uma vida muito sofrida. Ele me ajudou muito aqui na pousada quando eu finalmente resolvi retomar o negócio — disse. — Especialmente quando Roberto e outros corretores forçavam a barra para eu vender a propriedade.

— Roberto queria que você vendesse a pousada? — perguntei séria. Lembrei-me de quando conversávamos e ele mencionava que saiu daqui justamente para perseguir o seu sonho, porém respeitava a decisão da mãe em manter o local.

— Isso já faz muito tempo, querida — desconversou. — Roberto perdeu o gosto pelo lugar e quis ir para a cidade grande. Mas o que é que eu ia fazer? Sou velha, e essa terra aqui é tudo o que conheço por lar.

— Ana, me desculpe, mas o que aconteceu? Por que Roberto parou de falar com você? Eu sempre insisti tanto para que ele nos apresentasse — disse. — Confesso que já tinha até uma imagem sua na minha cabeça que foi totalmente modificada no dia em que te conheci na maternidade — lembrei. — Você foi meu anjo naquele dia, sabia?

— Ah, minha filha, e eu lá sei o que aconteceu? Quando pequeno, Roberto sempre ajudava o pai, mas um dia ele cresceu e tudo mudou. Já não suportava mais esse lugar — disse. — Achávamos que era coisa da adolescência, quando os jovens querem conquistar o mundo e fazer todas aquelas coisas que estão fora de seu alcance, mas parece que estávamos enganados. Quando seu pai faleceu, ele simplesmente sumiu... — e sua voz ficou embargada.

— Desculpa, Ana, desculpa. Eu não queria te fazer chorar — me apressei em falar.

— Deixa, minha filha. Faz bem botar para fora. Eu já estava com isso guardado aqui no meu peito há muito tempo, tentando entender o que eu fiz de errado, porque, você sabe, né? Nós, mães, sempre achamos que temos a culpa.

— É verdade — eu disse.

— Mas me libertei disso há algum tempo. Colocamos nosso filho no mundo, damos amor e educação, mas o caminho a seguir só a eles cabe decidir — refletiu.

— Então — desconversei —, eu vou conhecer o Pedro. Não se preocupe que irei usar toda a minha habilidade de negociadora para tornar nossa viagem agradável.

— Não se preocupe com isso, minha filha. Seja apenas você mesma. Tenho certeza de que irá se surpreender.

***

Pedro era alto e moreno, queimado de sol. Provavelmente por conta de todo o trabalho que fazia na fazenda. Seu cabelo era castanho claro e estava escondido debaixo de um chapéu de cowboy. Da forma como os fios escapavam do chapéu, dava para ver que eles eram encaracolados e que estavam precisando de um bom corte. Eu estava distraída reparando em cada detalhe da sua feição quando fui surpreendida pela sua pergunta:

— Quer dizer que vocês já recuperaram dois quartos do casarão? Não esperava que isso acontecesse tão rápido, considerando que Ana contratou apenas dois ajudantes — disse Pedro.

Agradeci o fato dele estar concentrado na estrada sinuosa, assim consegui me recuperar a tempo do susto.

— Digamos que eu descobri uma habilidade nova e entrei de cabeça no projeto — disse.

— Foi você que restaurou os quartos? — perguntou Pedro, intrigado.

— Sim, fui eu — disse com um supersorriso estampado no rosto. — O desafio agora é aquela recepção. Ela tem que ser o ponto alto da pousada — refleti. — Tem tanta coisa boa ali, escondida debaixo daquelas tintas antigas e fuligem. Mas sinceramente não sei se eu e os dois ajudantes que ela contratou somos competentes o suficiente para levantar aquilo.

— Você tem razão, tem muita coisa bonita por baixo daquela fuligem. Os detalhes do pórtico remontam ao período imperial. A estrutura é muito parecida com o que vemos no palácio em Petrópolis e no pórtico monumental do cemitério do Caju. Como o prédio principal da pousada é bem antigo, não duvido que tenha sido alguém da mesma equipe do José Maria Jacinto Rebelo — ele disse.

— Quem? — questionei.

— José Maria Jacinto Rebelo. Ele foi um arquiteto e engenheiro que trabalhou nas principais construções do Brasil Império — emendou.

— E como você sabe de tudo isso? — questionei.

Imediatamente a feição de Pedro perdeu toda aquela leveza de quando falava da estrutura da pousada. Em seu lugar instalou-se um olhar triste.

— Eu sou arquiteto. Trabalhei por muito tempo com restaurações, principalmente em Minas Gerais — disse sem se prolongar muito.

— E eu achando que você era um simples fazendeiro — disse, tentando desviar o assunto e trazer um pouco da leveza de volta para o ambiente. Estava difícil respirar.

Seguimos o restante da viagem conversando sobre amenidades. Assim que chegamos ao Rio, Pedro me deixou em frente ao cartório.

— Eu devo voltar para a serra logo depois do almoço. Se quiser uma carona de volta, me ligue.

— Obrigada. Eu ainda irei visitar uns imóveis que encontrei para alugar. Acho que só devo voltar mesmo no fim da tarde — disse agradecida.

— Ok, então. Caso mude de ideia, me avise — finalizou Pedro, saindo logo depois de se despedir.

No cartório o serviço foi bem rápido. Agora eu só tinha que entregar o documento assinado para a nova proprietária e mais um capítulo estaria encerrado.

Telefonei para a compradora e ela atendeu no segundo toque.

— Alô, Marta? Aqui é a Amanda, tudo bem? Já estou com o documento do apartamento em mãos. Se quiser posso passar aí e deixar com você — informei.

Um silêncio se fez na linha. Parecia que ela conversava com alguém do outro lado.

— Ah, oi, Amanda. Que surpresa — disse. — Sim, tudo bem, pode deixar aqui. Que horas você pretende passar por aqui?

— Em vinte minutos, no máximo. Pode ser? Já estou aqui perto.

— Sim. Claro, estarei esperando.

Solicitei um carro de aplicativo e me dirigi ao meu antigo apartamento. Muito estranha a sensação de retornar a um local onde vivi por tanto tempo. Cada lugar daquele condomínio remetia a uma lembrança. O parquinho de areia onde Gael passava horas antes de ir para a escola e onde fizemos inúmeros piqueniques nos finais de semana. Colocávamos uma toalha na grama, arrumávamos umas guloseimas e ele corria pelo parque enquanto eu tomava sol. Agora tudo mudara e eu precisava focar em concluir esse processo e encontrar um novo lar onde colecionaríamos novas lembranças.

Chegando à portaria, cumprimentei seu Maurício, baiano como eu e que eu já conhecia desde que tinha mudado para o prédio. Ele viu Gael nascer.

— Olá, seu Maurício, tudo bem com o senhor?

— Olá, dona Amanda, há quanto tempo. Tudo bem com a senhora? — perguntou com um sorriso enorme no rosto.

— Sim, tudo bem. Você poderia avisar no apartamento que eu cheguei? — perguntei.

— Oxe, dona Amanda, pode subir! A senhora é de casa!

— Não, seu Maurício. Nós não moramos mais aqui. O apartamento foi vendido e eu vim trazer a escritura.

"Como seu Maurício não tinha se dado conta de que nós tínhamos nos mudado?", pensei. Já tinha uma outra pessoa morando ali. Será que esqueci de avisar na administração do prédio? Aquele período foi tão nebuloso que confesso não ter certeza. Mas logo afastei esse pensamento, afinal de contas a nova moradora já tinha se mudado há quinze dias. Com certeza seu Maurício deve ter se confundido.

— Pode subir, dona Amanda — disse ele após desligar o interfone.

— Obrigada — e segui para o elevador.

Chegando ao andar, dei de cara com as primeiras mudanças na decoração. Uma mesinha redonda com um lindo jarro de cerâmica em azul com algumas flores do campo que perfumavam o ambiente. Antes que eu pudesse tocar a campainha a porta se abriu. Eu não podia acreditar no que estava vendo.

— Roberto? O que você está fazendo aqui?

— Olá, Amanda, há quanto tempo. Está mais calma? — perguntou com um sorriso sarcástico no rosto.

O que aconteceu com esse homem? Como ele pode ter virado outra pessoa em tão pouco tempo? "Não. Ele não mudou", disse a mim mesma. "Eu que não quis enxergar quem ele realmente era."

— Eu vim entregar isso aqui para a Marta, não sabia que você estaria por aqui — disse calmamente. — Algum problema com o apartamento? — perguntei com a ingenuidade de quem não tinha se tocado do que estava acontecendo.

— Baby! — disse Roberto com os olhos fixos em mim. — Encomenda para você.

Congelei. Segundos depois apareceu ao seu lado a mesma garota que estava com ele no dia em que levou Gael para a casa após o almoço. Eles estavam morando juntos no lugar que tinha sido a nossa casa por anos.

— Oi, Amanda. Prazer em conhecê-la — disse Marta desviando o olhar do meu. — Obrigada por trazer a escritura até aqui — disse timidamente, puxando o documento das minhas mãos.

Antes que eu pudesse dizer qualquer coisa, Roberto emendou:

— Acho que vocês não se conhecem. Amanda, essa aqui é a minha namorada, Marta. Baby, essa aqui é a minha ex-esposa. Ops, correção, ela ainda é a minha esposa, mas por pouco tempo — disse Roberto. — O que me lembra que eu tenho isso aqui para você, Amanda. Não sabia para onde mandar. Você se mudou e não me deu seu novo endereço — disse com uma fisionomia de falsa preocupação.

— O que você está fazendo aqui, Roberto? — Finalmente consegui reagir. Eu precisava confirmar o que meus olhos viam. Era difícil acreditar que, por mais mau caráter que fosse, ele expulsaria o próprio filho de casa.

— Não lhe parece óbvio? Eu moro aqui. Quer dizer, nós moramos, eu e Marta — disse com um sorriso irônico no rosto.

— Você vendeu o apartamento para você mesmo? Quando pretendia me contar isso? — perguntei.

— Desde quando eu preciso te contar sobre o que eu faço ou deixo de fazer, Amanda? E que diferença isso faz? — rosnou Roberto.

— Esse apartamento era meu! Você comprou no meu nome, me deixou endividada sem ter outra opção a não ser vendê-lo deixando a mim e ao seu filho sem ter onde morar! Você ouviu isso, Roberto? Eu e o seu filho não temos onde morar! — gritei.

— Você vai ficar histérica de novo, Amanda? Assim não dá para conversar. Que eu saiba, você tem aquele seu apartamento em Botafogo e você também teve tempo suficiente para se organizar quanto à mudança. Não jogue seus problemas em cima de mim.

Percebi o jogo que ele estava fazendo.

— Você não quer saber do seu filho? Ele sequer sabe que iremos nos divorciar. Eu esperava contar isso para ele com você — disse com uma voz falsamente calma.

— Eu realmente não tenho tempo para isso, Amanda. Você mesma pode falar com o menino — disse. — Toma. Esses aqui são os documentos do divórcio. Ratifiquei aqui tudo o que meu advogado já tinha negociado com você, como a guarda de Gael, que eu não faço questão. Eu já assinei, falta apenas a sua assinatura. Leve e me devolva o mais rápido possível. Dentro do envelope você encontra os contatos do meu advogado. Eu tenho pressa — disse fechando a porta na minha cara.

Continuei parada no hall por alguns minutos tentando assimilar o que tinha acabado de acontecer. Depois do que pareceu ser uma eternidade, chamei o elevador, saí do prédio e fui caminhando, sem destino algum. Esqueci dos imóveis que eu deveria visitar e andei por quilômetros, até chegar à praia. Lágrimas caíam do meu rosto, eu não me reconhecia nessa posição tão vulnerável. Eu sempre fui uma pessoa tão independente, nunca precisei de ninguém. Confiei a minha vida a um homem com quem sonhei constituir uma família, homem este que me roubou e agora sequer queria saber do filho. Achei que já tinha acabado com meu estoque de lágrimas, mas pelo visto ainda tinha mais.

Caminhei até um banco no calçadão da praia e fiquei ali, observando as pessoas passarem. Turistas, atletas, todos aparentemente tranquilos, com uma vida para tocar. O que é que eu ia fazer?

Meu celular tocou. No visor do celular vi que era Pedro. Atendi no terceiro toque.

— Oi.

— Oi. Terminei tudo o que tinha para fazer e estou voltando. Você vai ficar mesmo por aqui? — questionou Pedro.

Refleti por alguns segundos. Que horas eram? Eu me dei conta de que já tinha perdido o agendamento para a visita de um dos imóveis e, mesmo que não tivesse, eu não tinha mais ânimo para nada. Estava enjoada. Como eu iria dizer para o meu filho que o pai não queria nada com ele?

— Não, vou voltar com você. Onde posso te encontrar?

— Onde você está? Ainda na Barra? Posso te pegar. Estou saindo do Recreio — disse.

— Ah, ótimo. — Olhei em volta para me localizar. Não sabia ao certo onde tinha parado. — Eu estou aqui na praia da Barra, em frente ao restaurante Toca da Traíra.

— Sei onde fica. Em vinte minutos passo por aí — e desligou.

Minutos depois avistei o carro de Pedro ao longe e fiz sinal para ele parar. Tão logo entrei no carro, ele perguntou:

— Está tudo bem? Você chorou?

Rapidamente passei as mãos pelo rosto na tentativa de amenizar a situação.

— Nossa, está tão ruim assim? A minha manhã não foi das melhores — limitei-me a dizer.

Pedro olhou no relógio do carro, era uma hora da tarde.

— Você já almoçou? — perguntou gentilmente.

— Ainda não — eu disse.

— Então vamos parar aqui no Toca da Traíra mesmo. Há muito tempo que não tenho a chance de comer por aqui e acho que fará bem pra você se alimentar um pouco antes de voltar para a pousada — ele disse.

— Eu não estou com fome, mas vamos parar, sim. Preciso melhorar essa cara antes de chegar em casa — disse.

Eu adorava aquele restaurante. Nem me lembro da última vez que tinha estado ali. Estava tudo mudado. Parece que eles fizeram uma reforma e tanto. O garçom nos acomodou na mesa e, enquanto Pedro fazia o pedido, fui ao banheiro avaliar o meu estado. Os olhos estavam vermelhos e inchados e eu não tinha nenhuma maquiagem na bolsa para amenizar a situação. Optei então por jogar água gelada no rosto na esperança de que isso pudesse ajudar.

Retornei para a mesa e o silêncio preencheu o espaço entre nós, mas não um silêncio desconfortável como o do carro. Apenas silêncio, simples e puro. Fiquei confortável assim, ao mesmo tempo que admirava a paisagem através da janela. Não demorou muito para a comida chegar. Pedimos um pintado na brasa, que estava delicioso. Para quem não estava com fome, comi três pedaços generosos, e a sensação de uma boa comida ajudou a recuperar o ânimo. Terminamos a refeição sem trocar praticamente nenhuma palavra, até que eu disse:

— Obrigada pelo almoço. E pelo resgate — brinquei.

Pedro abriu um sorriso tímido e disse:

— De nada. Está se sentindo melhor?

— Sim, estou — disse. — Desculpe não ter comentado sobre o que aconteceu. Não quero ser mal-educada ou algo do tipo. É que eu nem sei o que dizer. É tanta coisa absurda acontecendo ao mesmo tempo que eu preciso de um tempo para processar, sabe? Preciso colocar minha vida de volta nos trilhos e recuperar meu equilíbrio.

— Você não me deve nenhuma explicação, Amanda. Tenho certeza de que você vai conseguir. Vamos, então? Temos um longo caminho de volta — ele disse, não querendo prolongar o assunto.

— Vamos — respondi.

Fiquei agradecida pela discrição de Pedro. Eu não estava preparada para conversar sobre isso com ninguém. Era tão humilhante, e eu não queria ser vista como coitadinha. Eu sempre fui dona da minha vida e agora não ia ser diferente. Era só uma questão de readaptação. Os acontecimentos de hoje serviram para mostrar que eu realmente não podia contar com Roberto para mais nada. Ele nos cortou da sua vida, e eu tinha que encontrar um jeito de lidar com isso. E o mais importante: pensar em uma forma de conversar com Gael.

O trajeto de volta para a pousada foi silencioso, o que parece ter virado rotina entre nós. Pedro colocou uma *playlist* de músicas clássicas para tocar. A primeira música era a minha preferida, *Cannon in D*, de Johann Pachebel. Ela tem o poder de acalmar o meu coração. Fechei os olhos e deixei a respiração fluir ao passo que a melodia ecoava pelo carro. Essa música era mágica. Era como se a cada inspiração minha ela recarregasse meu corpo de coisas boas, energia e esperança. E a cada expiração tudo o que afligia meu coração era expelido. Pelo menos temporariamente.

Aprendi com os meus pais a gostar de música clássica. A melodia suave também fez com que eu relembrasse da antiga Amanda. A Amanda que não tinha medo de nada e que saiu de Salvador para morar sozinha no Rio cheia de confiança atrás do primeiro emprego. A Amanda que foi a responsável pelo maior setor de mobilidade global em uma empresa brasileira e que viajou pelos quatro cantos do mundo negociando com as mais diferentes nacionalidades. A Amanda que sempre foi incentivada pelos pais a ser independente e ir atrás dos seus sonhos e que dava orgulho a eles. Ela ainda existia, estava ali, eu podia sentir. À medida que a melodia da canção se intensificava, uma força crescia dentro de mim e todo aquele medo, insegurança do novo, começou a esvanecer. Eu sempre fui uma pessoa que não teve medo do diferente, que adorava inovar, mudar, começar algo do zero. Eu sei que seria capaz de fazer aquilo de novo.

Assim que passamos pelo portão da pousada, eu já sabia o que fazer. Era hora de mudar de novo, recomeçar. E eu estava mais do que preparada para isso.

Tão logo pisei na pousada, Maria veio ao meu encontro usando um chapéu de abas bem largas. À medida que se aproximava, pude perceber que seu rosto estava muito irritado, como se estivesse com uma alergia.

— Está tudo bem, Maria? Seu rosto está um pouco irritado.

— Está tudo bem, sim. Aproveitei que estava tudo calmo e fui rapidinho na irmã do Mathias para fazer meu peeling. Mas agora não posso tomar sol. Ela disse que volta aqui mês que vem e que pode montar um pacote de tratamento mais completo para mim — disse animada.

— Olha lá, Maria. Também não vai exagerar. Você é linda do jeito que é.

— Eu sei, dona Amanda, fica tranquila. Mas me conta, como foi tudo? Deu tudo certo? — perguntou ansiosa.

— Em parte, Maria. Já converso com você — eu disse.

Virei-me para Pedro e, com meu sorriso mais genuíno, disse:

— Mais uma vez muito obrigada por hoje. Estou em dívida com você.

— Eu também estou em dívida com Ana. Como você faz parte da família dela, digamos que estamos quites. Até mais — despediu-se Pedro, sem prolongar aquele momento final.

— Até mais — respondi baixinho para mim mesma, enquanto o carro seguia rumo à sua fazenda.

Tão logo o carro de Pedro saiu de vista, pedi para Maria acompanhar-me ao quarto e contei tudo o que acontecera.

— Não acredito. Que safado! Eu te disse, dona Amanda, nunca gostei dele! Só fiquei na sua casa porque adoro a senhora e Gael e porque o doutor Roberto nunca parava lá mesmo. E agora? O que a senhora vai fazer? Vai contar para a dona Ana?

— Não! De forma alguma! — exasperei-me. — Ana não precisa saber desses detalhes, Maria. Ela já sofreu e ainda sofre muito com o afastamento do filho — disse.

— É verdade. E a senhora sabia que ele mandou um advogado atrás da dona Ana? Exigindo a parte dele aqui na pousada?

— Não! Que história é essa? Quer dizer, Ana comentou que ele queria que ela vendesse a pousada, mas que ela recusou, é tudo o que sei.

— Sim, mas como a pousada estava no nome do pai, ele exigiu a parte dele. Não teve nem a decência de falar com a mãe antes. Então mandou um advogado com uma ordem do juiz. Para não perder a pousada, a dona Ana pegou um empréstimo no banco e arrendou parte da terra para o seu Pedro. Assim ela consegue ir pagando a prestação do banco sem comprometer a pensão que recebe. Por isso que essa reforma não termina nunca. A dona Ana não tem dinheiro para contratar mais gente ou comprar muito material. Tem que ser um pouquinho de cada vez.

Fiquei pensando em Ana, passando por toda essa dificuldade e ainda me ajudando. Meu coração ficou cheio de gratidão.

— Como é que você sabe de tudo isso, Maria? — perguntei.

— Ah, dona Amanda. O pessoal daqui sabe de tudo. A gente conversa, né? Mas não é fofoca, não! É tudo gente de bem. Eles gostam muito da dona Ana. A esperança deles é que a senhora fique para ajudar na recuperação da pousada, vê se pode? — comentou Maria.

— Mas é isso mesmo que tenho em mente — eu disse.

— Oi? A senhora vai ficar? — perguntou Maria, animada.

— Vou! E quer saber mais?

— O quê?

— Vou morar aqui e ajudar na recuperação da pousada. Esse será o meu trabalho. Esse universo de hotelaria é um terreno totalmente novo para mim, mas eu vou devorar tudo o que puder a respeito. Isso aqui vai decolar, pode apostar! — disse animada.

— Êta pau! Gostei da empolgação! — vibrou Maria.

— Aquela velha Amanda está de volta! E o primeiro passo é falar com Ana; afinal, ela tem que concordar. E depois disso o segundo passo é conversar com Gael. Ele precisa saber que eu e o pai estamos nos separando e que iremos ficar aqui por um tempo — disse. — Só não sei ainda como irei conversar com ele.

— A senhora vai encontrar as palavras certas, dona Amanda. Não se preocupe — disse Maria, me encorajando.

Ana ficou emocionada com a minha decisão. De início ela não acreditou que eu pretendia morar na pousada e por isso perguntou três vezes a mesma coisa:

— Tem certeza, minha filha? Isso aqui pode ser bem isolado para uma menina tão nova quanto você. Não tem shopping, cinema, nada disso.

— Ana, eu só quero tranquilidade e paz para retomar a minha vida. E esse lugar, com você, é perfeito. Aqui eu me sinto acolhida e tenho certeza de que Gael sente a mesma coisa. Meu filho precisa de um ambiente estável e cheio de amor para se desenvolver. Isso é tudo o que me importa nesse momento. Eu tenho certeza de que poderemos reconstruir essa pousada e as nossas vidas. Coloco muita fé nesse projeto. Olha só esse lugar! — disse admirada com todo aquele verde.

— Confesso que será uma ajuda bem-vinda, minha filha. Eu não me vejo fazendo outra coisa, mas reconheço as minhas limitações. Não tenho mais a mesma energia e não entendo nada dessas novas tecnologias — disse Ana.

— Estamos no caminho certo, Ana — eu disse. — Mas eu tenho umas ideias que preciso amadurecer primeiro para entender melhor a viabilidade. Sei de algumas pessoas com quem posso conversar, mas enquanto isso vamos focando no que já temos: as reformas dos quartos e do prédio principal.

* * *

Encontrar Gael não foi difícil. A essa hora da tarde ele estava sempre correndo no gramado com Mathias. Vê-lo correndo e gargalhando, cheio de felicidade, me deu a certeza de que eu estava fazendo a coisa certa.

— Filho! Quer um lanche? — gritei.

— Mamãe! — gritou Gael correndo em minha direção. — Você voltou!!!

— Sim, amor, já estou aqui.

Olhei para Mathias que recolhia os brinquedos e se aproximava da gente.

— Obrigada por hoje, Mathias. Pode descansar. Eu assumo o rapaz agora — disse dando risada e despenteando o cabelo de Gael.

— O que tem para lanchar?

Fiz cara de mistério, olhando na cesta preparada com carinho por Maria.

— Hummm... Adivinha? É uma coisa que você adora!

— Bolo de chocolate com caldinha!!! — gritou animado.

— Sim!!! — respondi toda animada. — Vamos nos sentar ali? Na sombra daquela árvore? Tenho uma toalha aqui e podemos fazer um piquenique.

— Excelente ideia, *senhora*! — respondeu Gael.

É incrível como a cada dia ele aprendia novas coisas, novas palavras. Desde que chegamos à pousada, ele passou a observar como os funcionários se reportavam a mim e a Ana e reproduzia da mesma forma. Uma fofura tão grande que dava vontade de abraçar. Comecei a retirar o bolo e o suco da cesta e ofereci para Gael um primeiro pedaço.

— Filho, você está gostando de passar uns dias aqui? — perguntei, sondando o terreno.

— Tô amando, mamãe! Aqui é demais! — respondeu empolgado.

"Não poderia ser diferente", pensei.

— Mamãe está com uma ideia e eu gostaria de saber a sua opinião.

Ele ficou em silêncio, comendo o bolinho de chocolate, parecendo alheio ao que eu estava falando.

— O que você acha de a gente morar aqui? — perguntei.

— Sério, mamãe? A gente vai morar aqui? — questionou retomando interesse pelo que eu falava.

— Se você concordar, sim. A gente pode morar aqui — disse sorrindo.

— Claro que eu quero, mamãe! É perfeito! Que maravilhoso! — disse de forma teatral.

Nisso ele se levantou e começou a me beijar e me abraçar, me lambuzando toda de bolo de chocolate.

— Ei, garotinho, mas olha só. Não vai ser só brincadeira, não. Você vai para a escola!

— Não tem problema, mamãe. Eu amo a escola! — disse me largando e voltando a atenção para seu lanche apetitoso.

A tarde estava perfeita. Meu filho estava feliz, eu estava feliz, tínhamos um novo plano de vida. Por isso eu não tive coragem de conversar com ele sobre o fim do meu casamento com o seu pai. Não queria estragar esse momento, apesar de suspeitar que Gael não se importaria com isso. Ele estava acostumado com a ausência do pai. Mesmo assim me permiti, e em outro momento conversaria com ele. Agora tudo o que eu queria era curtir o resto do dia com meu filho recebendo toneladas de amor.

***

Estava claro para mim que a recepção era o ponto alto da pousada e que precisaria de maior atenção com a qual eu não tinha condições de lidar. Muitos detalhes, muita história escondida por trás daquelas camadas de tinta. Um trabalho mal feito colocaria tudo a perder. Por isso fui conversar com Pedro no dia seguinte. Encontrei-o na sua fazenda, na divisa da pousada de Ana, escovando os pelos de um belo cavalo.

— Olá — disse timidamente.

Visivelmente surpreso, Pedro disse:

— Oi, Amanda, a que devo a visita? — perguntou sorrindo de forma mais descontraída do que no dia anterior.

Nunca tinha reparado no seu sorriso. Mas pensando melhor, acho que ele não teve muitos motivos para sorrir ontem. Era um sorriso bonito e sincero. Lembrei-me da impressão que outras pessoas da região tinham dele, conforme mencionado por Ana. Definitivamente ele não era antipático. Apenas reservado.

— É um cavalo? Macho? Quero dizer.

— Não. É uma égua — ele disse.

— Bonita. Nunca tinha me aproximado de uma — afirmei.

— Quer tentar? — perguntou estendendo a escova que ele estava usando para escovar o pelo.

— Não, hoje não. Deixe-me tomar coragem. O primeiro passo já foi dado. Estou próxima de um cavalo, quer dizer, égua.

— Então imagino que você não tenha vindo aqui por ela — disse, direto ao ponto.

Dei um sorriso tímido. Eu me dei conta de que mal conhecia aquele homem e já queria pedir um favor enorme. Fiquei com vergonha, especialmente depois de me lembrar do que ele já tinha feito por mim.

— Não. Não vim pela égua. Eu preciso da sua ajuda — disse — de novo.

Pedro me lançou um olhar intrigado, apertando os olhos de uma forma que fez surgir umas linhas de expressão entre as sobrancelhas. Resolvi adotar uma postura mais profissional e fui direto ao ponto.

— Você comentou que é arquiteto e que já trabalhou com restaurações. Preciso da sua ajuda para restaurar a recepção da pousada. Temo que as minhas habilidades e a dos rapazes que trabalham no local não sejam suficientes.

Pedro não reagiu e continuou a me olhar, em silêncio. Como se necessitando de maiores detalhes ou quem sabe processando a informação.

— Preciso que alguém nos auxilie a extrair o que aquele lugar tem de melhor, recuperando a sua estrutura original. Depois dos últimos acontecimentos, conversei com Ana e vou ajudá-la a transformar a pousada em um negócio viável e lucrativo. Por isso temos que acelerar a empreitada — disse empolgada.

Aguardei por alguma reação de Pedro, mas ele continuou quieto, me deixando incomodada. Será que eu estaria perdendo a mão para os negócios? Por isso complementei:

— Claro que iremos pagá-lo por isso, não se preocupe.

Silêncio.

— Pedro? Você não vai falar nada?

Como se eu finalmente o tivesse tirado do seu estado de letargia, Pedro enfim falou:

— Isso foi inesperado.

— E isso não foi bem uma resposta — completei.

— Amanda, o que eu posso te dizer? — respondeu enquanto tirava o chapéu da cabeça e passava uma das mãos pelo cabelo.

— Eu já não trabalho com restaurações há quatro anos. Não sei se sou a melhor pessoa para te ajudar.

Fiquei frustrada. Não contava com uma recusa tão imediata. E isso deve ter ficado latente na minha cara, porque ele prontamente disse:

— Mas eu posso te indicar algumas pessoas muito boas da área.

"Pessoas que provavelmente eu não poderia pagar", pensei.

— Entendo. Tudo bem. Obrigada. Até mais, Pedro — disse simplesmente e sai andando rápido, com vergonha e raiva ao mesmo tempo. Vergonha por ter pensado que seria diferente. Com raiva por ter passado essa vergonha.

Já estava de costas para ele, me afastando, quando o ouvi:

— Amanda!

Parei onde estava e me virei. Vi a cara de um homem angustiado, olhando para o chão e esfregando as mãos nos bolsos da calça. Ficamos em silêncio mais uma vez e como ele não disse mais nada, segui meu caminho.

"É", pensei, "acho que me enganei". O povo daqui realmente tem razão. Que tipo de reação é essa? Parece que eu estava pedindo um empréstimo de um milhão de reais e não oferecendo trabalho. Fiquei um pouco desapontada. Existem mil formas de se recusar uma proposta de forma educada. Ele optou pela resposta mais econômica.

Entrei na pousada pela cozinha e encontrei Maria tirando um bolo do forno. Agora o rosto dela estava começando a despelar. Efeito do peeling.

— E aí? Ele topou? — perguntou animada.

— Não. Na verdade, ele teve uma reação descabida — disse mais calma. — Parece que eu o estava apunhalando ao fazer esse pedido. Tive até certeza de ver certa tristeza em seus olhos. Que estranho, Maria — eu disse. — Mas quer saber de uma coisa? Vou procurar outra pessoa. De complicado nessa vida, basta eu.

Maria ficou calada por um instante e disse:

— Você sabe da história dele, né? — perguntou.

— Não. Que história?

— Dona Amanda, a senhora está aqui há quase um mês e continua sem saber de nada — repreendeu Maria.

— Se você chama por conhecer as pessoas fofocar, sim, estou por fora. Mas o que aconteceu com ele?

— Parece que o seu Pedro era um arquiteto muito famoso aqui no Brasil. Vivia sendo requisitado para consertar essas casas antigas, cheias de histórias, tanto aqui no Brasil quanto no estrangeiro. Mas como toda hora ele estava em um canto diferente, chegou uma hora que a família não podia acompanhar. Parece que o filho dele era autista e as mudanças constantes não faziam bem para ele.

— Família? Ele tem uma família? Achei que fosse solteiro.

— Ele tinha uma família, dona Amanda. Morreu em um acidente de carro.

Abri a boca e coloquei a mão sobre ela para abafar um grito de espanto.

— Meu Deus! Como assim?

— Como eu estava te contando: ele viajava muito, então a família ficava no Rio. Até que ele pegou um trabalho lá em Minas, a esposa resolveu fazer uma surpresa com o filho, mas se envolveram em um acidente na subida da serra e morreram.

— Meu Deus! Quando foi isso?

— Há quatro anos. E depois disso o seu Pedro ainda descobriu que a esposa estava grávida do segundo filho deles. Ele se sentiu muito culpado por conta da vida que levava, largou tudo e veio morar aqui, no meio do nada, realizando o sonho da esposa de ter uma fazenda de cavalos.

— Eu não podia imaginar. Por isso ele é tão reservado — comentei.

— Sim. Eu não sou estudada como a senhora, mas talvez esse pedido para restaurar a pousada tenha trazido algumas memórias não muito agradáveis.

— Sim, com certeza — eu disse. Logo depois saí da cozinha e fui para meu quarto. Precisava pensar.

Pelo visto eu não era a única que escondia alguma dor. Pedro também tinha passado por traumas. A situação dele era até mais pesada do que a minha, e por isso me arrependi de ter pensado mal dele. Tratei de afastar esse pensamento da minha, cabeça e abri o notebook para refazer as minhas contas. Teria que buscar um novo arquiteto que com certeza me custaria mais caro. Eu estava contando com a política da boa vizinhança para conseguir um desconto com Pedro. Além disso, o fato de ele morar aqui não implicaria custo com hospedagem, transporte e alimentação. Fiquei preocupada por esse custo adicional, mas não me deixei desanimar. Fiz uma anotação mental de telefonar para tio Zeca e ver como andava a venda da fábrica. Se as coisas apertassem, eu poderia contar com esse dinheiro extra, já que praticamente não tinha mais poupança. Estava contando basicamente com o que sobrara da venda do apartamento e mais algum dinheiro que deixara guardado, e intocado, na minha conta corrente pessoal.

Logo em seguida, deixei as planilhas de lado e abri o navegador da internet para pesquisar sobre empresas de arquitetura aqui na serra. Não era incomum encontrar profissionais que moravam aqui e que trabalhavam no Rio de Janeiro. O navegador abriu automaticamente na página de notícias, e a primeira matéria chamou a minha atenção. Mais uma mulher ficou com o corpo deformado depois de fazer um tratamento estético clandestino, mas dessa vez, aqui no Rio. Isso era cada vez mais comum. Eu sabia que Maria estava fazendo as coisas da forma correta, mas achei importante deixá-la alerta. Copiei o link e mandei para ela por mensagem no celular.

Comecei então a minha pesquisa, mas depois de procurar por muito tempo, não encontrei nenhuma empresa de arquitetura pelas proximidades, o que era frustrante. Decidi desligar tudo e fui atrás de Gael. Tudo o que eu precisava agora era espairecer para ver se alguma nova ideia surgia em minha mente.

CAPÍTULO 7

Tinha acabado de deixar Gael na escola nova, que ficava a uns dez minutos de carro da pousada. Foi fácil optar por aquele lugar. De repente, todas as exigências que eu tive no passado, quando buscava a primeira escolinha, perderam o sentido, já que a minha situação era outra. Esse era o quarto dia de adaptação, não que ele precisasse. Quando Gael viu aquela escola, com uma área verde gigantesca, casa de árvore e muita natureza, ele não queria saber de sair de lá. Além disso, foi muito bem acolhido pelos coleguinhas, mesmo que já estivéssemos no meio do ano letivo. Contudo, como tínhamos nos mudado de cidade e ele não via o pai há tanto tempo, a professora achou melhor irmos com calma. Só naquele dia eu fui oficialmente liberada.

Segui caminhando pela rua de pedrinhas que ficava próxima à escola, sentindo o sol na cara. Eu não tinha nada programado para agora. Na minha cabeça, eu passaria outra manhã inteira na escola em caso de necessidade. As obras na pousada estavam encaminhadas, então decidi me dar ao luxo de parar em um café bem charmoso que tinha por ali, Sabores da Serra. Peguei uma mesinha que ficava do lado de fora, na calçada, e pedi um cappuccino e um pão de queijo. Finalmente sentia que a minha vida voltava a ser comandada por mim. Em dois meses iríamos inaugurar a pousada e aquilo enchia meu coração de alegria. Já tínhamos agendado um *soft opening* junto às maiores agências de viagens do Rio de Janeiro e, se tudo desse certo, mais agências iriam trabalhar com a gente. Estava divagando em pensamentos no novo rumo que a minha vida tomava quando ouvi:

— Amanda?

Era Pedro. Eu não o via desde o dia em que ele solenemente negou me ajudar na reforma da recepção da pousada.

— Oi, Pedro, como você está? Que coincidência te encontrar aqui.

— Verdade — disse ele. — Mas eu sempre venho aqui. Forneço queijo para o dono do estabelecimento.

— Então além de ter uma fazenda para cavalos, com um programa de equinoterapia, você também é produtor de queijo? — disse impressionada. — Confesso que nunca tinha conhecido um *workaholic* na serra — eu disse.

— Nunca tinha pensado dessa forma — ele disse. — Na verdade, acho que estou mais buscando formas de preencher o tempo do que em ser *workaholic*. E fazer queijo não é tão trabalhoso assim. Tudo o que você precisa é ter paciência e saber esperar.

Acenei com a cabeça e ficamos em silêncio um pouco.

— Sabe, eu queria mesmo falar com você. Achei que em algum momento nos esbarraríamos na pousada, mas isso não aconteceu — disse Pedro.

Como eu não disse nada, ele continuou.

— Gostaria de me desculpar por aquele dia. Quando você foi pedir ajuda para reformar a recepção da pousada. Eu não queria ser grosso ou algo do tipo, mas aquele pedido me pegou desprevenido.

Ao mesmo tempo em que falava, Pedro passava as mãos pelo cabelo. Descobri que aquilo era um tique nervoso.

— Tudo bem, não se preocupe — eu disse, com um sorriso tímido.

— É que aconteceram certas coisas e... — de repente ele parou de falar e olhou para os lados. Lembrei-me da conversa que

tive com Maria e lamentava estar fazendo ele passar por aquilo, revivendo lembranças tão dolorosas.

— Pedro — eu o interrompi. — Você também não precisa me explicar nada. Está tudo bem.

— Eu sei, mas eu gostaria de te explicar. Ficou muito estranho depois que você saiu — disse.

— Olha, desculpe a sinceridade, mas eu só quero te poupar do esforço. Eu já sei o que você vai falar. Foi praticamente impossível não saber sobre o que aconteceu com você depois que cheguei à pousada bufando por causa da sua recusa. Fico até constrangida de confessar isso. Não perguntei nada, eles simplesmente falaram e depois disso acho que sou eu que tenho que te pedir desculpas. Foi uma tremenda falta de sensibilidade, apesar de que na época eu não sabia.

Pedro ficou em silêncio, me olhando com um sorriso tímido no rosto.

— Nossa, eu não sabia que a minha vida estava na boca do povo assim. Mas eu já devia imaginar.

— Por que você diz isso? — perguntei.

— Bem, já que estamos sendo sinceros, peço antecipadamente desculpas por saber o que aconteceu com você e Gael no Rio.

— Como assim? — perguntei na defensiva.

— Bem, quando a Ana pediu para eu lhe dar carona, ela pediu para eu tomar conta de você, principalmente durante a volta. Parece que ela pressentia algo e por isso me contou do processo de divórcio conturbado que você teve — disse, com expressão séria e de pesar.

De repente eu caí na gargalhada.

— Bem, essa não era a reação que eu esperava — disse Pedro.

Quando eu finalmente me acalmei, disse:

— De repente a minha vida ficou tão cheia de gente, a família cresceu, então é óbvio que seria inviável manter alguns segredos.

Não que este seja — me apressei em corrigir. — Acho que terei que me acostumar com isso.

— É — ele disse.

— Então quer dizer que lá no Rio você estava esperando por mim?

— Esperando não é bem a resposta certa. Mas eu estava fazendo horário, antes de subir a serra. Queria ter certeza de que você pelo menos tinha achado uma forma de voltar, ou eu seria trucidado por Ana.

— Ia mesmo — eu disse rindo. — E obrigada. Não é todo dia que você descobre que seu marido está morando com outra pessoa, no apartamento que você vendeu para quitar as dívidas dele. Eu realmente estava desnorteada. Nem sei se conseguiria pensar em uma forma de voltar.

Percebi que Pedro ficou sem graça com a minha repentina confissão. Ele intercalava o olhar entre mim e as próprias mãos sem jeito, como se não soubesse o que falar.

— Não precisa ficar constrangido. Com certeza você saberia dessa parte da história em breve — eu disse para quebrar o gelo. — Além do mais, estou focada em colocar a pousada para funcionar e na estabilidade emocional de Gael, e isso para mim é o suficiente.

Como que para mudar de assunto, ele perguntou:

— E a pousada, como está?

Imaginei que ele quisesse saber da recepção. Não queria que ele se sentisse culpado pelo fato de não ter me ajudado.

— As coisas estão indo muito bem. Não consegui encontrar um arquiteto para me ajudar, mas encontrei um pedreiro que trabalhou com restaurações de muitas igrejas em Ouro Preto. Foi realmente um achado que coube no meu orçamento. Ele tem revelado coisa incríveis! Pena que seja um pouco excêntrico.

— Excêntrico? — perguntou Pedro. — Como assim?

— Bem, ele prefere trabalhar tarde da noite, o que não entendo, porque ele precisa de claridade e luz natural para fazer o que deve. Apesar de que ele também trabalha de dia, às vezes. Contudo, a conta de energia foi lá para cima! Tive que instalar uns refletores adicionais. Mas, bem, não posso reclamar. Em dois meses conseguiremos fazer o *soft opening*.

— Que bom ouvir isso — disse Pedro. — Fico feliz por você.

— Obrigada. Você vai voltar para a fazenda agora?

— Não. Preciso fazer mais uma entrega.

— Posso ir com você? Quer dizer, estou sem carro e preciso de uma carona para voltar — apressei-me em corrigir.

— Claro, sem problemas. Vamos?

A próxima parada de Pedro era em um bairro lindo, ao qual eu nunca tinha ido, repleto de artesanato local, e eu bem que estava precisando comprar objetos para decorar a pousada. Percebendo meu interesse, Pedro me apresentou alguns estabelecimentos e artesões locais e me deu dicas sobre material, durabilidade e o que poderia ficar bem na pousada.

Paramos para almoçar em um lugar que eu nunca pensaria ser um restaurante. Ficava afastado em uma estrada secundária. Era uma casinha, bem recuada, cercada de muito verde.

— Tem certeza de que isso aqui é um restaurante?

— Claro que sim, espere um pouco.

Pedro estacionou o carro em um gramado, perto da casa. Agora de perto eu podia ver uma pequena movimentação no interior do imóvel. Saltamos do carro e meio sem jeito o segui entrando na casa. Tão logo passamos por um hall de entrada estreito, perdi o fôlego. Tudo o que vi foi um lago maravilhoso a apenas alguns metros de nós.

A casa praticamente não tinha paredes. Pilares de madeira sustentavam o teto e mesas rústicas e dos mais variados estilos e cores ocupavam o espaço.

Eu ainda estava admirada, observando tudo, quando um senhor muito simpático cumprimentou Pedro.

— Que surpresa boa, Pedro! Tínhamos entrega programada para hoje?

— Não, seu Carlos. Hoje eu estou aqui única e exclusivamente pela comida — disse Pedro com o maior sorriso que eu já tinha visto em seu rosto.

— E quem é essa linda garota? — perguntou.

— Deixe-me apresentá-los. Amanda, esse aqui é Carlos, ele tem o melhor restaurante da região. Carlos, essa é a Amanda. Ela está cuidando da reforma de Ana e acho que uma parceria entre vocês tem tudo para dar certo.

— Muito prazer em conhecê-la, já ouvi falar de você — disse Carlos.

Olhei para Pedro e no mesmo instante ele soube o que eu estava pensando — que a história da minha vida tivesse corrido pela região inteira. Ele negou discretamente com a cabeça.

— Espero que bem — eu disse.

— Claro que sim. Ana é uma pessoa muito querida na nossa comunidade. E a revitalização do negócio dela tem tudo para aumentar a atratividade da região. Aqui vivemos praticamente do turismo, então vemos com grandes expectativas a reabertura da pousada.

— Sim, obrigada. Está sendo bem desafiador, na verdade. Mas eu também tenho grandes expectativas. Será um prazer conhecer um pouco mais do seu negócio e fazer uma parceria. Tenho certeza de que tenho muito a aprender com o senhor.

— Ah, por favor! Nada de senhor! Me chame de Carlos. Assim esqueço um pouco da minha idade — disse aos risos. — Venham, sentem-se aqui — disse nos conduzindo a uma mesa localizada no terraço. — Se acomodem que o garçom já trará o cardápio para vocês.

Enquanto ele se afastava para dar boas-vindas a outro cliente, eu me virei para Pedro discretamente e disse:

— Nossa, Pedro. Isso aqui é realmente algo inusitado! Adoro lugares assim, obrigada por me trazer aqui.

— Imagina. Você é sócia de uma pousada e precisa conhecer melhor as redondezas. É um prazer poder ajudar.

— Sim, mas nessa brincadeira deixei você fora da fazenda o dia todo. Espero não ter atrapalhado muito.

— As coisas andam por si só na fazenda. Temos uma rotina bem definida e tudo por lá tem seu processo. Nada é urgente. Os cavalos, por exemplo, já devem ter sido alimentados e estão descansando. Já os queijos... bem, eles estão aguardando o momento certo. Por aqui nada é urgente e isso é uma das coisas que mais gosto.

— Você gosta de morar aqui? — perguntei.

Depois de um tempo pensando, Pedro disse:

— Acho que sim. Gosto. Em um primeiro momento, busquei um buraco onde pudesse me esconder e esquecer do mundo. Mas agora pode-se dizer que gosto do que faço e da minha rotina.

Fomos interrompidos pelo garçom, que trouxe o cardápio. Sequer tive tempo de olhar as opções. Pedro tomou a dianteira e disse:

— Vamos com o prato do dia e uma jarra de suco de laranja, por favor.

Assim que o garçom saiu, eu perguntei:

— E o que seria o prato do dia?

— Surpresa. Mas já aviso que é algo bem típico da região.

O almoço seguiu seu curso agradável. A truta estava maravilhosa. Conversamos sobre muitas coisas e, quando vi, eram quase três da tarde.

— Meu Deus, Pedro. Preciso buscar Gael na escola! Está quase na hora de ele sair. Você pode me dar mais uma carona até lá?

Rapidamente pedimos a conta. Pedro fez questão de pagar. "Presente atrasado de boas-vindas", disse, e eu agradeci.

Chegamos à escola de Gael faltando dez minutos para o portão abrir.

— Obrigada — eu disse saindo do carro. — Não vou te prender mais. Vou pedir um carro por aplicativo.

— Não, Amanda, por favor. Não faz sentido. Não são vinte minutos que vão fazer diferença no meu dia. Pode pegar Gael com calma que eu estarei aqui esperando.

Assenti com a cabeça e saí correndo. Estava ansiosa para saber como foi seu dia. Voltamos minutos depois e o sorriso de Gael se abriu quando ele viu quem estava no carro.

— Oi, Pedro! Vamos andar de cavalo hoje?

Tomei um susto. Não sabia que Gael estava montando.

— Bem, depende da sua mãe.

— Eu posso, mamãe? Por favor!

Olhei para Pedro sem entender como aquilo tinha acontecido.

— Antes das aulas começarem, ele ia praticamente todos os dias para a fazenda com o Mathias. Achei que você soubesse. Mas já vi que não e por isso peço desculpas.

Não quis dizer nada a princípio, especialmente ali na frente de Gael. Mas eu realmente não pensava no que meu filho fazia quando estava brincando pela pousada. Eu só precisava saber com quem ele estava. Dar a ele essa liberdade de explorar o espaço com a supervisão de um adulto de confiança me ajudou a colocar as coisas em perspectiva e a me organizar. Eu era grata por isso.

— Não, imagina. Não precisa se preocupar. Eu sabia que ele saía por aí desbravando tudo, não é de admirar que ele tenha parado por lá. Espero que ele tenha se comportado — disse dando um olhar brincalhão para Gael.

— Claro que sim, mamãe. Sou muito bonitinho — disse Gael.

— Ele se comportou muito bem — disse Pedro. — Inclusive tem me ajudado a alimentar os cavalos.

— Boa ideia! Podemos dar comida para os cavalos hoje? Pode, mamãe? — disse Gael animado.

— Outro dia, amor. Hoje o Pedro passou o dia todo na rua me ajudando e ele deve ter muita coisa para fazer.

— Poxa, mamãe! Então eu posso andar de cavalo amanhã? Por favor! Por favorzinho! — choramingou.

Olhei para Pedro, que assentiu.

— Está bem. Mas deixa só você se adaptar à escola e eu combino com Pedro como podemos fazer isso funcionar, ok?

— Tá bom! Oba! Você é a melhor mamãe do mundo! — disse Gael.

Pedro nos deixou na pousada e Gael saiu em disparada para contar as novidades para a avó.

— Bem, parece que você tem me ajudado mais do que eu tinha imaginado. Espero não ter criado muitos inconvenientes. Obrigado pela atenção dispensada a Gael.

— Gael é uma criança muito inteligente e educada. Adorei passar esse tempo com ele. Caso você queira deixá-lo continuar as aulas de equitação, será um prazer. Ele está indo muito bem, diga-se de passagem.

— Meu Deus! Aulas de equitação! Nem quero pensar nisso! — disse horrorizada.

— É tranquilo. Nessa idade ele monta sempre com um responsável, até se acostumar. E o cavalo é manso. Bem, você sabe onde estou; qualquer coisa, me avise — ele disse.

— Aviso, sim. Obrigada mais uma vez, Pedro. Até mais.

Entrei na pousada e Gael estava na cozinha conversando com Ana e Maria enquanto comia um generoso pedaço de bolo. Ele falava sem parar sobre os amiguinhos e sobre como ele já sabia subir em uma árvore.

Tão logo terminou o bolo, perguntou se poderia ir brincar com os carrinhos. "Estou com saudades deles, mamãe", disse. E eu entendia. Até então ele passava apenas algumas horas na escola. Dessa vez ele ficou quase o dia todo. Optei por um horário estendido para que eu tivesse mais tempo para me dedicar às obras nessa reta final. E porque sabia que os funcionários da pousada me faziam um favor incrível em passar o olho nele pra mim. Eu não queria abusar e misturar as coisas. Ana foi terminantemente contra.

— Que bobagem, minha filha. Todos adoram Gael!

— Mas eu não quero misturar as coisas, Ana. Isso pode abrir um precedente jurídico e alguém pode exigir no futuro uma indenização por dupla função.

— Amanda, filha, sei que você está acostumada com essas coisas no Rio de Janeiro, que isso acontece muito por lá, mas aqui é diferente, minha filha. Somos uma comunidade muito unida. Estamos acostumados a nos ajudar. Além disso, todo mundo é apaixonado por Gael. Olha só à sua volta. Somos um bando de velhos, e essa criança tem o poder de nos alegrar e nos fazer esquecer a idade. Arrisco até a dizer que ele nos rejuvenesceu! Não precisa deixá-lo tanto tempo na escola por conta disso, por favor.

Era difícil confiar nos outros. Eu tinha compartilhado uma vez minha vida com Roberto e o resultado foi aquele: eu completamente perdida. Não queria perder o controle de novo. Mas também não queria magoar Ana. Eu sabia que aquelas pessoas eram especiais, mas precisava do meu espaço.

— Então façamos assim. Estamos na reta final da obra da pousada e tem muito material espalhado por aí. Você bem sabe como tem sido difícil mantê-lo afastado do perigo. Então vamos deixar a reforma acabar e a pousada inaugurar para que a gente tenha um pouco mais de tempo para se dedicar a isso. Depois, se as coisas permitirem, revemos a questão da escola. Pode ser?

— Claro que sim, minha filha. Eu nunca me oporia a você, que é a mãe. Só quero que fique tranquila em saber que amamos Gael e você. Não é trabalho algum ficar com ele. Mas podemos fazer do jeito que preferir.

Maria acompanhou Gael ao quarto e eu me sentei na bancada para tomar um cafezinho com Ana.

— Fiquei feliz. Pela primeira vez, desde que chegou, você passou quase um dia inteiro fora — disse Ana.

— É verdade! — me dei conta admirada — e foi muito bom. Sabia que eu descobri coisas maravilhosas? Você não tem ideia! Pedro me levou a cada lugar...

— Você estava com Pedro? Ele é um homem muito bom.

— Sim, ele é. E percebi o quanto eu estava sendo injusta com ele.

— Injusta? — questionou Ana.

— Sim. Estava muito chateada com a forma como ele recusou ajudar na pousada. Não por mim, mas por todo relacionamento que você tem com ele. Saber um pouco da sua história me deixou com dor na consciência e eu precisava me redimir.

— Pedro não é assim, minha filha. Ele não guarda rancor — disse Ana.

— Sim, eu percebi. Ele dedicou o dia a me mostrar as redondezas e os negócios locais. Foi muita generosidade da parte dele. E para finalizar o dia, descobri que ele tem dado aulas de equitação ao meu filho todos os dias — olhei com uma cara falsa de brava para Ana. — Parece que eu sou a última a saber das coisas nessa casa.

Ana ficou visivelmente envergonhada. Por isso guardei para mim o fato de saber que ela pediu para ele que me esperasse no Rio de Janeiro. Não queria deixá-la ainda mais constrangida. Na verdade, eu era grata por ela ter agido dessa forma. Não sei o que teria acontecido se eu estivesse sozinha naquele dia.

— Bem — disse Ana. — Então tem mais uma coisa que você precisa saber.
— Como assim?
— Desculpa, minha filha. Eu não tinha ideia de que você ficaria chateada por eu não ter contado das aulas de equitação. Você chegou aqui tão esgotada física e emocionalmente. Depois se jogou de corpo e alma nessa reforma e eu vi que isso de certa forma estava te ajudando. Então eu não queria te perturbar. Gael estava feliz e realmente não me passou pela cabeça comentar isso com você.
— Eu não estou chateada, Ana. Sei que estava fora do radar e sou eternamente grata pela acolhida. Mas você disse que tinha mais uma coisa pra me contar.
— Sim. Não quero que você pense que eu ando escondendo coisas de você. Eu não sou assim e quero que você saiba que sempre pode contar comigo. Mesmo sabendo como o meu filho te tratou, uma vergonha.
— Ana, fale. Você está me assustando!
— Calma, não é nada grave. Sabe o pedreiro que está ajudando na restauração?
— Sei. Aquele que você achou.
— Sim. Bem, na verdade não fui eu que achei. Foi o Pedro.
Fiquei chocada com aquela revelação.
— O Pedro? Como assim?
— Bem, dois dias depois de vocês terem conversado, ele chegou aqui trazendo o rapaz. Disse que eles trabalharam juntos por muitos anos e que ele poderia fazer a restauração.
— E por que você não me falou nada?
— Ah, minha filha. Sei lá. Coisa de velha. Achei que você poderia estar chateada com ele. Só que não foi só isso.
— Tem mais?

— Tem. Eu descobri que o Pedro tem ajudado ele na restauração. Ele vem aqui quase todas as noites passar instruções sobre como o rapaz deve proceder no dia seguinte. Algumas vezes ele até pega no pesado.

Fiquei pasma! Não sabia o que pensar.

— Ana, por que você não me contou isso antes?

— Eu só descobri isso ontem, minha filha, juro! Ouvi um barulho enorme, como se algo tivesse caído e desci. Sabia que o rapaz estava trabalhando aqui e fiquei com medo dele ter se machucado. Não sei como você não acordou.

— Não ouvi nada — eu disse.

— Pois bem, desci as escadas e me deparei com o Pedro, coberto de poeira da cabeça aos pés. Um andaime tinha caído, mas eles estavam bem. Tomei um susto quando o vi e ele foi logo pedindo desculpas. Enfim, resumindo a história, ele ficou muito constrangido com a forma como reagiu ao seu convite e achou que assim poderia se redimir. Ele sabia que seria impossível você achar algum restaurador e por isso tem vindo todas as noites. Eu ia te contar hoje, filha, mas você passou o dia fora.

— Eu não sei o que dizer, Ana.

— Não fique chateada com ele, filha. Não foi por mal. A bem da verdade, foi uma ajuda bem-vinda.

— Eu estive com ele praticamente o dia todo. Ele poderia ter contado — eu disse.

— Poderia, sim. Mas, filha, você ficou evitando o rapaz esse tempo todo. Toda vez que ele apontava na esquina, você inventava uma desculpa e fugia. Não pense que eu não percebi. Você também não é fácil.

— Eu estava com vergonha por ter pensado mal dele. Mas como assim eu não sou fácil?

— Depois do que aconteceu com Roberto, você levantou uma barreira ao seu redor. É difícil chegar até você, Amanda, saber o que você está pensando. Você está sempre desconfiando de todos, mesmo que não diga nada. Mas seus olhos te entregam, você não consegue disfarçar o medo. E eu entendo. Você passou por poucas e boas. É instinto de autopreservação. Por isso, antes de pensar qualquer coisa, dê o benefício da dúvida. Às vezes, as pessoas são simplesmente boas, sem esperar nada em troca, e se ajudam porque é assim que deve ser. Ninguém é uma ilha.

Refleti sobre o que Ana falou. Ela estava certa. Mas eu ainda não estava pronta para aquilo. Por isso disse:

— Ana, depois de toda essa história, eu preciso tomar um ar fresco.

— Imagino. Vá tranquila, foi muita informação, eu sei. Se precisar de qualquer coisa, estou aqui.

Desci as escadas da pousada e fui para o pátio localizado logo atrás. Trata-se de um gramado imenso, com uns pés de eucaliptos gigantescos. Adoro aquele lugar. A área é tão grande que a gente fica minúscula no meio daquilo tudo e com isso percebemos como somos nada diante de todo o Universo. Sem me importar com coisa alguma, deitei-me no meio da grama de barriga para cima, fechei os olhos e deixei a luz do sol me banhar. Eu precisava daquela energia e do silêncio para acalmar os meus pensamentos.

As palavras de Ana mexeram comigo. Eu tinha saído de um casamento no qual deixei de lado todas as barreiras, dividi tudo, me doei por inteiro, mas fiquei totalmente sozinha. Eu me machuquei muito e demorei um pouco para recuperar minha força para sair do buraco onde me enfiei. Agora estou vivendo uma situação completamente oposta. Fui acolhida por estranhos que são extremamente amorosos, possuem um alto senso de comunidade, mas como Ana mesma disse, eu ergui barreiras ao meu redor. Eu quero contar com eles, quero ter uma vida boa aqui, mas não quero me machucar. Um lado meu sabe que Pedro está fazendo tudo isso da mesma forma que ele faria para qualquer outra pessoa da comunidade. Mas outro lado meu diz para eu tomar cuidado, ou serei enganada de novo, que nada é de graça.

Lembrei-me de Carlos do restaurante e de todas as outras pessoas que conheci ao longo da tarde com Pedro. Todos se ajudando. Dava para sentir no ar a camaradagem, o senso de cooperação e eu me senti acolhida por eles. Eu sei que Ana tem razão, que preciso ser mais acessível, mas ainda não consigo. Por isso, com relação a Pedro, resolvi que não vou fazer nada. Vou deixar tudo como está. Ele deve ter seus motivos para não ter me contado. Ir lá e tirar satisfações, nesse momento, significa ter que falar coisas sobre mim e do que passei, o que não estou pronta para fazer. É muita exposição. "Um dia de cada vez", disse para mim mesma. É só disso que preciso.

* * *

Gael começou o dia criando todos os tipos possíveis de pirraça, o que não era típico dele. Na hora do café da manhã, descobri que minha paciência atingiu o limite.

— Não quero esse leite! — gritou Gael.

— Filho, anda. Você precisa se alimentar.

— Quero suco! — exigiu, fazendo biquinho.

— Suco de laranja?

— Sim — disse, cruzando os braços, cerrando os olhos e virando-se para o lado.

Eu tinha muita coisa programada para esse fim de semana. Finalmente iria fechar os móveis das áreas comuns da pousada e tinha que chegar cedo no fornecedor. Por isso, corri para a cozinha para fazer o suco. Quanto mais rápido Gael voltasse ao normal, melhor.

— Pronto. Aqui.

Gael, pegou o copo, olhou de perto e disse:
— Não quero esse! Tá ruim!
— Filho, você nem experimentou. Prova.
— Não quero. A cor está feia! — disse fazendo birra.
— Gael, eu estou perdendo a paciência. Toma esse suco!
— Não quero! Não vou tomar!

De repente, ele empurrou o copo que se espatifou no chão molhando tudo.

Respirei fundo e disse:
— Já para o quarto! Você perdeu o direito de brincar no pátio agora de manhã.
— Buááááá. Não quero! Buáááá. — Gael chorava muito alto e começou a se jogar no chão.

Atraídas pelo barulho, Ana e Maria correram para a cozinha.
— O que aconteceu, minha filha? — perguntou Ana.
— Não sei o que deu nesse menino. Desde ontem está pirracento, mas hoje ele conseguiu se superar. Vou levá-lo para o quarto e já volto para arrumar essa bagunça.

Ana trocou um olhar discreto com Maria, que disse:
— Pode deixar, dona Amanda, que eu levo Gael. Tome seu café com calma. A senhora também está muito nervosa. Os dois juntos agora não vai dar certo.

Agradeci a Maria e comecei a limpar a bagunça.
— Amanda, minha filha. Posso te ajudar? — disse Ana gentilmente.
— Obrigada, Ana. Deixa que eu limpo.

Ana assentiu com a cabeça e depois acrescentou:
— E com Gael, posso ajudar?

Larguei o pano e me sentei na cadeira me sentindo cansada.
— Eu adoraria, de verdade — eu disse. — Não sei o que aconteceu com esse menino. Ele nunca foi assim. Mesmo nos

piores momentos, na separação com Roberto, ele nunca fez birra. Parece que ele já estava acostumado a ser só nós dois. E agora isso? Quando tudo está bem? Eu realmente não sei o que pensar e o que fazer.

— Amanda, minha filha, eu sei que isso pode ser muito difícil, mas com filho é isso mesmo. Temos que aprender a ler nas entrelinhas. Principalmente nessa idade que eles não conseguem verbalizar tudo o que pensam.

— Como assim? Você acha que Gael quer me dizer alguma coisa?

— Não sei. Mas vamos pensar juntas. Gael entrou na escolinha há uma semana e sua rotina mudou drasticamente.

— Eu sei. Mas ele está adorando a escolinha. Não reclama de forma alguma de ir para lá.

— Mas isso não significa que ele não esteja sentindo falta da rotina que ele criou aqui.

— Você está falando de brincar no pátio? — perguntei. — Ele faz isso todos os dias quando volta da escola.

Ana respirou fundo e disse:

— Amanda, o que Gael vem te pedindo para fazer todos os dias?

Fiquei em silêncio por um momento, entendendo aonde Ana queria chegar.

— Ele sente falta das aulas de equitação com Pedro, querida. E tenho certeza de que se você o tivesse visto em um cavalo, entenderia o porquê.

— Eu sei. Mas ele tem que entender que não pode ter tudo o que quer — eu disse na defensiva. — E também não posso sair incomodando os outros assim.

— Tem certeza de que é isso, Amanda? Acho que você entendeu que não existe essa coisa de incômodo. Está mais na sua cabeça. Pedro é um bom rapaz e se Gael estivesse atrapalhando, ele teria dito. Do que você tem medo, minha filha?

Olhei para Ana, com lágrimas nos olhos.

— Eu não sei o que é, Ana. Mas de repente tenho a sensação de que posso perder o controle da minha vida de novo. Eu não quero isso — eu disse, com as lágrimas caindo.

Ana se aproximou de mim, sentou-se na cadeira ao lado e me abraçou. Calmamente, ela me disse:

— São só aulas, filha. Só aulas. Não construa um muro em volta do seu filho também. Depois, com o tempo, você vai conseguir encontrar uma forma de lidar com tudo isso que passa na sua cabecinha e no seu coração também.

Assenti com a cabeça, olhei para Ana e disse:

— É verdade, são só aulas. Eu posso lidar com isso. Obrigada, Ana. Acho que nunca te disse isso, mas ter você nas nossas vidas é uma dádiva.

— Vocês que são bênçãos em minha vida, tenha certeza disso. Agora vamos lá. Levante-se, tome seu café. Depois vá lavar o rosto e fazer o que tem que ser feito.

— Sim — disse animada. — Vamos.

* * *

Eram onze horas da manhã quando cheguei à fazenda de Pedro. Uma caminhada de quinze minutos por dentro das terras da pousada de Ana, através de um corredor de eucaliptos, era revigorante. Encontrei Pedro escovando um cavalo.

— Oi, bom dia.

Pedro se virou e ao me ver abriu um sorriso.

— Bom dia, Amanda. Bom te ver. Há quanto tempo. Por onde você se escondeu?

Ele sabia que eu o estava evitando. Por isso meu rosto ficou vermelho na hora.

Percebendo isso, Pedro tratou de disfarçar.

— Como está Gael?

Aproveitei a mudança de assunto para recuperar o controle e disse:

— Bem. Era disso que queria conversar com você. Gostaria de ver como ele pode retomar as aulas de equitação.

Sorrindo, Pedro disse:

— Quando ele quiser. É só aparecer.

— Não, Pedro, assim não. Não quero atrapalhar a sua rotina, não acho justo. Além disso, acho que tenho que pagar por essas aulas, é o certo a se fazer.

— Nossa — riu Pedro. — Então eu era assim.

— Como? — perguntei.

— Lembro-me de que quando cheguei por aqui e Ana me ajudava, eu vivia dizendo que não queria incomodar e insistia em retribuir pela ajuda, em pagar. Ela ficava brava e dizia que aqui as coisas não funcionavam dessa forma.

Caí na gargalhada e relaxei.

— Ela diz a mesma coisa para mim — confessei.

— Pois bem. Eu aprendi. Conheci pessoas maravilhosas aqui e aprendi o que é pertencer a uma comunidade, Amanda. Não estou te fazendo um favor. Dar aulas para Gael é um prazer e uma das partes do dia que mais gosto. Não tem por que você pagar por isso.

— Mas... — disse sem conseguir completar.

— Eu devo muito a Ana. Pense assim, essas aulas são uma retribuição de tudo o que ela fez por mim. E já que vamos retomar as aulas, por que você não traz Gael aqui hoje à tarde? Quero ver se ele ainda se lembra das coisas que eu ensinei.

Acanhada, mas agradecida, disse:

— Trago, sim. Pode deixar. Voltamos mais tarde.

CAPÍTULO 8

Estava ajudando Maria a colocar a mesa do almoço e a televisão estava ligada, passando o noticiário do meio-dia.

Uma jovem de 25 anos morreu nesta manhã após complicações de procedimento ilegal no Rio de Janeiro. É mais uma mulher vítima de procedimentos estéticos feitos de forma clandestina na cidade. A polícia investiga se o caso tem relação com os outros já reportados ao órgão. A principal linha de investigação aponta para um suposto médico que está realizando esses procedimentos por todo o país.
Ainda nesta semana a polícia deve ouvir outras vítimas que foram atendidas pelo suspeito. O objetivo da polícia é descobrir se os casos estão relacionados. Caso a suspeita se confirme, será a primeira vez em que uma quadrilha de atuação nacional pode ser desmantelada.
As vítimas são levadas ao suposto médico através de propaganda boca a boca. De acordo com os poucos relatos a que tivemos acesso, a credibilidade do médico e seriedade durante os atendimentos deixaram as vítimas seguras quanto ao atendimento ser feito em um ambiente não hospitalar.

— Nossa, dona Amanda. Como é que as mulheres se prestam a esse tipo de situação, hein? — perguntou Maria.

— É o desespero em se encaixar em um padrão de beleza, Maria. Muito louco isso. Por isso que eu disse para você tomar cuidado com esses procedimentos. Espero que prendam logo esse criminoso. E pensar que pode ser médico...

Nesse momento, Ana entrou na cozinha com Gael.

— Estou com fome, mamãe! — reclamou Gael.

— Bom, então vamos tratar de comer direitinho, porque você vai precisar de muita energia hoje à tarde — eu disse.

— Vou?

— Vai, sim.

— Por que, mamãe? Você vai brincar comigo?

— Eu? Não, amor. Mamãe não vai brincar com você — eu disse, segurando o riso enquanto Gael ficava com uma cara cada vez mais triste.

— Conta logo, minha filha! Não gosto de ver meu neto assim — reclamou Ana.

— Gael, hoje você vai para a aula de equitação.

— Jura? Verdade, mamãe?

Tão logo percebeu que eu confirmava com a cabeça, Gael começou a gritar.

— Oba! Vou andar de cavalo! Vou brincar com tio Pedro! Estou tão feliz!

Ouvir meu filho vibrar pelo fato de ficar com Pedro me deixou inquieta. Um sentimento de vulnerabilidade tomou conta de mim de novo. Mas como decidi que o bem-estar do meu filho estava acima de qualquer reserva ou conflito interno, ignorei.

Eram quase quatro horas da tarde quando chegamos à fazenda de Pedro. Ele já nos esperava com um pônei, ainda sem sela, ao lado de uma cerca.

— Tio Pedro! — disse Gael, correndo direto para os braços de Pedro, que o abraçou tirando-o do chão.

— E aí, campeão? Como está a escola? — perguntou.

— Está legal, mas a mamãe não deixa eu vir até aqui — disse Gael, me entregando.

Imediatamente Pedro contornou a situação:

— Bem, campeão, você acabou de começar na escola, não foi? — perguntou.

— Sim — disse Gael.

— Então, quando você começa uma atividade nova, às vezes precisa dar um tempo da outra.

— Mas por quê?

— Para se acostumar. Você se lembra do primeiro dia em que você veio aqui e me pediu para andar de cavalo?

— Lembro, sim.

— Naquele dia eu não deixei você andar de cavalo, lembra?

— Sim. Eu fiquei chateado! — disse Gael fazendo carinha de birra. — Mas o Dublê tinha que se acostumar comigo — disse por fim.

— Isso mesmo. O Dublê tinha que se acostumar com você e você com ele. Na escola é a mesma coisa. Você precisava desse tempo para se acostumar com a escola. E agora que está tudo bem...

— Entendi — disse Gael.

Olhei de forma breve para Pedro e agradeci. Imediatamente ele pegou Gael e disse:

— Agora chega de papo e vamos cuidar do Dublê.

Dando o sorriso mais lindo que tinha, Gael pegou uma escovinha, começou a escovar o pelo do pônei, que era apenas um pouco mais alto do que ele. Ele intercalava o ato de escovar com carinhos espontâneos, feitos com suas mãozinhas e palavras carinhosas:

— Sabia que você é lindo, Dublê? E muito corajoso? Tenho orgulho de você. Você vai ficar bem.

Depois de um tempo cuidando do cavalo, Pedro colocou a sela em Dublê e começou a incentivar Gael a andar com ele ao lado, puxando pela rédea. A aula era totalmente diferente do que eu imaginava. Só depois de um tempo é que Pedro permitiu que

Gael subisse no pônei. E ele explorou praticamente todo o espaço de que dispunha, fazendo inclusive com que Gael descesse do cavalo para observar de perto uma galinha que ciscava. Em outro momento, ele colocou um bichinho de pelúcia em cima do pônei para que Gael observasse como ele se movimentava quando o pônei trotava. Ele ensinava brincando.

Ao término da aula, que durou exatos quarenta minutos, Gael foi correndo para uma cocheira de onde voltou com uma cenoura para alimentar o pônei. Tão logo Pedro retirou a sela, Gael começou a fazer carinho e a escovar novamente o animal dizendo:

— Obrigado, Dublê.

Pedro levou o pônei de volta a uma baia e Gael se distraiu com as galinhas.

— Eu não imaginava que a aula fosse assim — disse a Pedro.

— Isso é um elogio? — brincou ele.

— Sim! Estou encantada. Imaginava uma coisa totalmente diferente, por isso meu desespero. Em meus devaneios, achei que Gael ficaria sozinho em cima de um cavalo gigantesco de onde pudesse cair a qualquer momento.

— A maioria das pessoas tem essa percepção, mas nessa idade toda aula é bem lúdica. Ele precisa estabelecer uma relação de confiança com o animal e entender as responsabilidades que possui. Depois, gradativamente, vamos aumentando a complexidade, a depender do nível de amadurecimento dele.

— E aquelas palavras de incentivo que Gael disse para o Dublê logo no início da aula? Nunca vi ele falar nada parecido. Foi você que ensinou?

— Não. Foi ele mesmo. Incentivamos a criança a cuidar do cavalo e conversar com ele. Comprovadamente isso tem uma ação terapêutica e é comum que algumas crianças espelhem ou projetem situações que viveram ou que gostariam de viver — disse.

— Como assim? Você está dizendo que Gael gostaria de ser incentivado dessa mesma forma?

— De forma alguma. Não sou terapeuta e acho que não temos que levar isso ao pé da letra. Mas a relação com o cavalo ajuda a criança a restabelecer a confiança no outro e em si mesma. De repente, alguém com mais conhecimento pode te explicar melhor. Tudo o que sei é o que li e estudei sozinho.

— Acho que entendo o que quer dizer. Gael nunca teve uma relação próxima ao pai, de quem normalmente ouviria palavras de incentivo, por isso me choquei. Eu não sabia que você tinha um pônei aqui.

— Na verdade, eu não tinha. Comprei há um mês quando percebi que Gael estava realmente interessado nas aulas.

Olhei para Pedro apreensiva.

— Não comece a pensar besteiras, Amanda — ele me repreendeu.

— Você não sabe o que eu estou pensando — eu disse.

— Sei, sim. Você está pensando que eu gastei dinheiro com seu filho e isso a incomoda. Para sua informação, eu teria que fazer isso a qualquer momento por conta do meu projeto de transformar isso aqui em um centro de equinoterapia. Os cavalos que eu tenho não são adequados para crianças pequenas. Gael só fez antecipar os meus planos. O que foi maravilhoso. Estou colocando em prática toda a minha teoria e percebendo que provavelmente terei que fazer alguns ajustes antes de oferecer esse serviço ao público.

— Discurso eloquente e bem elaborado esse seu — eu disse.

— É a mais pura verdade. Não pense demais. Além disso, através de Gael eu meio que consigo resgatar o que queria viver com o meu filho e não pude. E, por isso, eu agradeço a você — disse, visivelmente emocionado.

Era a primeira vez que ele mencionava o filho em uma conversa.

— Quantos anos ele tinha? — arrisquei-me a perguntar, entrando em um terreno desconhecido.

— Um pouco mais novo que Gael, três anos.

— Sinto muito. Imagino que ter que dar aulas para ele deve trazer lembranças dolorosas.

— Não. Já passei por essa fase da raiva, na qual tinha pena de mim mesmo. Foi um acidente que não poderia ter sido evitado. Por muito tempo culpei o meu excesso de trabalho, as viagens, e achava que de alguma forma poderia ter evitado tudo aquilo. Mas a verdade é que eu não podia. Eu era viciado no que fazia. Por isso hoje eu procuro viver com mais leveza, fazendo o que me deixa feliz.

— Que seria?

— Ignorar o que esperam de mim e viver de acordo com as minhas convicções.

— Do jeito que você fala, parece fácil — eu disse.

— Não é. Demorei um bom par de anos para chegar até aqui, e ainda tem dias que não são tão fáceis assim.

Ficamos em silêncio por alguns momentos, observando Gael correr atrás das galinhas.

— Eu acho que não tenho facilitado as coisas, né?

— Por que você diz isso? — perguntou Pedro.

— Confiança. Parece que todos perceberam, antes de mim, o quanto sou desconfiada.

— Eu não acho que você seja desconfiada — ele disse. — Acho que você está tentando retomar o controle da sua vida, o que é totalmente diferente. E no meio desse processo podemos perder a mão, exagerar um pouco, e está tudo bem. Uma hora você encontra o equilíbrio.

Olhei para ele e logo depois baixei o olhar para as minhas mãos.

— A grande verdade é que eu não quero me sentir vulnerável de novo. A primeira vez que fiz isso, olha no que deu — eu disse, sinalizando o meu estado.

— Você acha que está ruim? A situação em que você se encontra agora?

— Você tem alguma dúvida? Tendo que recomeçar do zero, mãe solo e sempre sofrendo por antecipação com os impactos que isso pode causar em Gael. Principalmente a ausência do pai. E que pai — eu disse, rindo histericamente.

— Tudo isso é uma questão de perspectiva, Amanda. É aquela história do copo. Ele está meio cheio ou meio vazio? Eu, do meu lado, enxergo uma mulher batalhadora, guerreira que está superando tudo sozinha, que não tem medo de se arriscar e recomeçar. Tenho certeza de que outras pessoas estão enxergando do mesmo jeito. Não tem nada de errado em começar de novo. E, para fazer isso, é necessária uma dose e tanto de coragem, o que muita gente não tem.

— Pelo visto você teve essa coragem — eu disse.

— E você também tem — reafirmou Pedro.

Pensei no que Pedro disse e ousei perguntar:

— Foi difícil para você? Começar tudo de novo?

— Foi — disse simplesmente.

Mas eu precisava saber mais. Queria saber quando esse peso iria sair do meu peito e eu, enfim, poderia me sentir inteira de novo. Por isso arrisquei mais uma vez.

— Como você superou? Porque confesso que sabendo da sua história me sinto ridícula. Você superou a morte trágica de uma esposa e filho, e eu estou tentando superar o quê? Um pé na bunda? — disse rindo sarcasticamente.

— Novamente você está sendo muito dura com você. Acho que você está tentando se recuperar de muito mais do que um simples pé na bunda. Você está tentando se recuperar da desilusão, da descrença. A pessoa que você conhecia simplesmente deixou de existir de um dia para o outro — ele disse.

— E roubou tudo o que eu tinha, deixando a mim e ao filho com uma mão na frente e outra atrás. Até hoje eu não sei como pude errar tanto com um cara.

— Mas que te deu um filho maravilhoso — afirmou Pedro, ponderando que tudo poderia ter um lado positivo.

— Sim, Gael é meu tudo. Por ele faço qualquer coisa. Recomeço quantas vezes forem necessárias — eu disse com olhos marejados.

— Bem, voltando à sua pergunta, não foi fácil superar. Na verdade, eu fiquei uns três meses confinado em meu apartamento, bebendo dia e noite. Não tinha noção do dia da semana ou das horas. Perdi meus contratos porque sequer me dava ao trabalho de respondê-los. Até que um dia, vendo as fotos de Miguel dando risada, eu me dei conta do quanto estava sendo egoísta. Meu filho e esposa foram levados, mas eu ainda estava aqui e poderia honrar suas vidas, fazendo algo com significado e que tivesse algum impacto. E é isso que venho tentando fazer.

— Uau! — eu disse.

— Como eu disse, cada pessoa tem seu tempo. E não estou defendendo aqui aquele ditado que diz que "o tempo cura tudo", porque ele não cura. Mas ele transforma.

Depois de tudo o que Pedro falou, fiquei em silêncio. De alguma forma aquilo tocou em mim, mas eu precisaria de tempo para maturar, absorver. Por isso, sorri para ele em agradecimento e corri na direção de Gael, brincando de pega-pega.

Ficamos ali por alguns minutos. Até que o sol começou a se pôr.

— Gael, filho, está na hora de voltarmos para casa — eu disse.
— A gente vai voltar amanhã? — perguntou, visivelmente cansado.
— Não sei. Tenho que combinar com Pedro quando poderemos voltar.
— Está bem. Mamãe, você me carrega? Não estou conseguindo andar.

Olhei para Gael e para o caminho que eu tinha pela frente. Pelo menos quinze minutos de caminhada por um terreno irregular. Considerando que Gael já pesava dezessete quilos, eu sabia que não iria conseguir.

— Amor, eu sei que você está cansado. Mas vamos fazer assim: você anda até a metade do caminho, onde fica aquela árvore gigantesca, e o resto do caminho eu te carrego, combinado?
— Não aguento, mamãe! Não estou conseguindo andar — reclamou Gael, visivelmente frustrado e cansado.
— Bem, parece que eu exagerei em te deixar correndo tanto por aqui e agora terei que dar um jeito. Vamos, então.

Já estava prestes a carregá-lo quando Pedro se adiantou.
— Deixe que eu o levo. Vem aqui, campeão — e com uma facilidade imensa, colocou Gael no seu colo que prontamente encostou a cabecinha em seu ombro.
— Obrigada. Não sei se iria aguentar carregá-lo por todo percurso.

Seguimos caminhando em silêncio, até que chegamos em frente à recepção. Gael tinha dormido.
— Quer que eu o coloque em seu quarto? — perguntou Pedro.
— Não. Tenho que acordá-lo. Vai ser um escândalo, mas ele precisa tomar banho. Deixe-me pegá-lo agora.

Cuidadosamente Pedro me entregou Gael. Agradeci mais uma vez e comecei a subir as escadas. De repente parei e me virei e para perguntar:

— Você tem algum compromisso amanhã?

— Domingo? Não — respondeu Pedro.

— Quer ir comigo na cidade? Tenho que finalizar a compra dos móveis.

Pedro parou por um momento, me olhando nos olhos. Por uns segundos achei que ele fosse recusar de novo, até que falou:

— Aceito. Mas com uma condição.

— Condição? — perguntei estranhando essa colocação.

— Eu pago o seu almoço e o de Gael. Tem um lugar aonde quero levar vocês.

— Outro lugar maravilhoso como aquele?

— Sim. Considere isso como um bônus. Acho que esse local pode ser outro bom parceiro do seu negócio.

— Combinado, então. Até amanhã.

— Até amanhã, Amanda.

Sem perceber, subi as escadas sorrindo.

CAPÍTULO 9

— Chegamos — disse Pedro.
— Aqui? Mas é uma floricultura!
— Mais uma vez você se precipitando — ele disse rindo. — Vamos, campeão — disse Pedro a Gael.
— Oba! Tem batata frita aqui? — perguntou Gael, animado.
— Não sei. Vamos descobrir.

Entramos na floricultura que era bem rústica, mas linda. Painéis de madeira serviam de suporte para as plantas, e um cheiro bom de lavanda dominava o ar. Tão logo atravessamos o pequeno salão, passamos por outra porta que dava para um jardim secreto florido. Perdi o ar. Era uma das coisas mais bonitas e inacreditáveis que vi na vida.

— Uau! O que é isso? — perguntei maravilhada, olhando para as plantas e para aquele céu azul logo acima de nós.
— Olha, mamãe! Uma borboleta azul! — vibrava Gael. — Eu amo borboleta!
— Venham. Vocês ainda não viram nada — disse Pedro.

Logo após as roseiras era possível ver um anexo totalmente integrado com a natureza. Seu interior era bem iluminado por grandes janelas de vidro, e logo à frente havia um amplo deck que dava para um gramado com um parquinho enorme. Os brinquedos lembravam a minha infância. Escorrega, trepa-trepa e um minicarrossel. Tão logo os olhinhos de Gael visualizaram os brinquedos, ele vibrou e saiu correndo.

— Qual é o problema dessa cidade que adora construir restaurantes escondidos? É alguma coisa cultural? — perguntei rindo.

— Bem que poderia ser. Mas a realidade é que eles apenas adaptaram imóveis ao menor custo possível para transformar em negócios. De certa forma, essa estratégia deu o charme ao local.

— Mais uma vez você me surpreendeu. Isso aqui é lindo demais.

— Eu me esforço — disse Pedro. — Mas o motivo para eu te trazer aqui é que esse é um dos poucos locais na serra que tem por inspiração a Ayurveda. Eles usam apenas produtos que produzem por aqui ou fornecido por produtores certificados. Considerando que nem todos que sobem a serra buscam por um hotel-fazenda, você também pode explorar esse nicho do bem-estar durante a baixa estação ou fora do período de férias escolares.

— Tem certeza de que você é só um arquiteto-fazendeiro-produtor de queijo-professor de equitação? — perguntei.

— Digamos que eu leio muito no meu tempo livre — ele disse.

— E você tem tempo livre? — questionei ironicamente.

— Por incrível que pareça, tenho. As noites são terríveis e demoram muito para passar.

Aquele comentário me impactou. Eu não era a única que tinha coisas a superar.

— Venha, vamos nos sentar ali. Assim conseguimos ficar de olho em Gael.

O almoço foi muito agradável. Fiquei receosa de não ter alguma opção para o paladar de uma criança e me surpreendi. Gael se deliciou com um peixe, arroz e purê de banana da terra.

Deixamos o restaurante horas depois e fomos direto para a oficina de um artesão local que fazia lindos móveis em madeira. Cada peça era única. Os detalhes entalhados eram de uma riqueza que eu nunca tinha visto igual. Cada peça demorava ao menos dez dias para ficar pronta. Como o material era resistente à chuva e ao vento, desde que fizéssemos as manutenções programadas, eu pretendia espalhar bancos, mesas e cadeiras por toda a parte externa da pousada. Só que isso sairia caro e eu não tinha orçamento.

Encontrei seu Altino, o dono da oficina, na porta do local enriquecendo com seu talento uma cadeira belíssima.

— Olá, seu Altino, tudo bem com o senhor?

— Olá, Amanda. Como vai? E a pousada? Já inaugurou?

— Ainda não. Estamos quase lá. Que peça linda essa que o senhor está trabalhando! Já tem dono? — perguntei cobiçando a peça.

— Ainda não. Fiz essa aqui sem encomenda. Fiquei inspirado pelas flores nessa época do ano e resolvi fazer essa peça única. Mas o Bruno ficou chateado, viu? Roubei essa cadeira dele e ele terá que construir outra a toque de caixa se quiser terminar o serviço dele a tempo — disse em meio a uma gargalhada gostosa.

Bruno era o filho de seu Altino e era ele quem gerenciava a oficina desde que o pai decidiu que queria se dedicar apenas à parte boa: a arte.

— O Bruno está por aí? — perguntei.

— Está sim, lá no fundo. Podem entrar — ele disse.

Encontrei Bruno fabricando a cadeira adicional que seu Altino tinha mencionado. Como quase tudo aqui nesta cidade, a parte do fundo da oficina era bem ampla e dava para uma área verde muito bonita, repleta de árvores frutíferas. A família do seu Altino morava no andar de cima da oficina, e suspeito que aquelas frutas deliciosas deviam abastecer a família ao longo do ano.

— Olá, Bruno, tudo bem?

— Oi, Amanda. Estava esperando por você. Tudo bem, Pedro? E aí, garotão? — disse referindo-se a Gael.

Perguntei a Gael se ele não queria explorar as árvores no quintal, o que o deixou muito animado. Assim eu conseguiria conversar com o Bruno e, quem sabe, fechar negócios.

— Já se decidiu sobre quantas peças irá precisar? — perguntou Bruno.

— Já. Mas infelizmente não tenho como pagar por todas elas — disse em um sorriso.

— Não seja por isso. A gente sempre pode dar um desconto — disse Bruno.

— Eu sei disso, mas acho que podemos fazer muito mais, Bruno. O trabalho de vocês é uma verdadeira obra de arte e eu acho que vale muito mais do que vocês cobram.

— Lá vem você com esse papo de novo. Pedro, diga para ela que o pessoal daqui já acha a gente careiro. Ela mesma está dizendo que não pode pagar. Se não fossem algumas encomendas de Belo Horizonte e do Rio, a gente não teria o suficiente para manter o negócio.

— Eu sei — eu disse. — Mas ouça a minha ideia. Eu quero expor os produtos de vocês na pousada.

— Expor? Como assim? — perguntou intrigado.

— Se tudo correr como espero, receberemos na pousada turistas de todo o Brasil e talvez até de outros países. Por isso, quero colocar seus móveis espalhados por toda a pousada com placas sinalizando o significado de cada peça e quem a fez, no caso, vocês. Assim, todo mundo que se interessar saberá que aquilo ali não é um simples móvel, mas sim uma obra que tem história. Pretendo fazer isso com outros artesãos da região, expondo tudo o que eu puder, desde panelas a quadros. Posteriormente, irei montar um tour guiado no qual os hóspedes poderão visitar cada estabelecimento e comprar aquilo que lhes agradar.

— Ideia boa! Gostei! Mas tem um problema: como as pessoas sairão carregando uma mesa? Não é tão simples assim — disse Bruno.

— Já pensei em tudo. Consegui ao menos três transportadoras com as quais poderemos conversar para ver quanto eles cobrariam por esse tipo de serviço. A ideia é que o valor seja tabelado e com um desconto substancial, considerando que essa empresa será utilizada por todos os artesãos.

— Então teríamos que formar uma cooperativa?

— Sim, mas apenas para poder viabilizar a parte que é do interesse de todos, como a logística.

— Fechado. Então vamos logo definir a quantidade de peças da pousada, porque tenho que começar a trabalhar nisso — disse animado.

***

Chegamos à pousada de Ana às cinco horas da tarde. Gael, como sempre, saiu correndo para a cozinha, atrás de um lanche apetitoso de Maria.

— Fiquei impressionado com a sua ideia de fortalecer os artesãos locais, Amanda. Parabéns — disse Pedro.

— Parece que minha força está voltando — eu disse rindo. — Por um tempo, achei que não seria capaz de recuperar a sagacidade da velha Amanda. Mas o crédito não é todo meu.

— Como assim?

— Bem, ao menos duas pessoas ficaram insistindo comigo de que isso aqui é uma comunidade e que as pessoas se ajudavam sem esperar nada em troca — eu disse olhando para Pedro, que me fitava sério. — Então, depois de muito refletir sobre isso, resolvi que a melhor forma de me curar seria entrar de cabeça nessa comunidade que tanto me acolheu. É uma forma que encontrei para retribuir.

Pedro desviou os olhos dos meus e começou a admirar o pôr do sol.

— Essa hora do dia é a que mais gosto, o pôr do sol — comentou Pedro.

— Por quê?

— Nenhum pôr do sol é igual. A cada dia eu sou surpreendido pelas cores que enfeitam o céu. Sempre uma mais linda que a outra.

— Verdade — eu disse.

— Como você — arrematou Pedro, olhando pra mim novamente.

Afastei-me um pouco. Racionalmente sabia que Pedro se referia à minha capacidade de me reinventar todos os dias, mas meu coração queria misturar as coisas. Eu precisava de distância.

— Bom, eu já vou subir. Tenho que dar banho em Gael e preparar seu jantar.

— Certo — disse Pedro se levantando. — E quanto às aulas de Gael, já se decidiu?

—Ah, sim, as aulas. Ainda bem que você me lembrou. O que você sugere? Enquanto profissional, digo.

— Por ele as aulas seriam todos os dias, mas acho que podemos manter três vezes na semana. Em pouco tempo ele estará montando melhor do que eu.

— Ok. Mesmo horário?

— Mesmo horário.

— Tchau, então. Obrigado pela companhia — eu disse.

Pedro já estava se afastando quando me lembrei de algo que deveria ter dito tão logo o encontrei hoje.

—Ah, Pedro!

Ele se virou.

— Esse aqui é seu convite para o *soft opening*! A maioria dos hóspedes serão agentes de viagens e críticos. Adoraria ter sua presença aqui. Pelo menos alguém do nosso lado para dar apoio moral.

— Eu não perderia por nada. Até mais.

Fui em direção à cozinha, atrás de Gael e encontrei Ana sentada no mezanino tomando seu chá da tarde. Ela estava contemplando a floresta, mas estava mais pensativa que o normal.

— Tudo bem, Ana? — perguntei.

— Oi, minha filha. Sim, tudo bem. Quer um pouco de chá? Gael está com Maria tomando banho.

Sentei-me ao seu lado e aguardei que ela me servisse de uma xícara de chá.

— Tem certeza de que você está bem? Estou te achando tão quieta. Confesso que nunca te vi assim. Estou acostumada com Ana que anda de um lado para o outro o tempo todo.

— Bem, a reforma da pousada já está praticamente terminada e você está cuidando de tudo. Acho que finalmente posso me dar ao luxo de ir devagar um pouco e curtir as coisas mais simples, para as quais não tinha tempo. Como foi seu dia? Gael chegou bem animado.

— Ah! Foi muito bom. Boas companhias, diversão e ainda fechamos um bom negócio.

— Você parece feliz, minha filha.

— Eu estou — eu disse, olhando para Ana e sorrindo. — A antiga Amanda está voltando, Ana. Só de saber disso, me sinto mais segura.

— Ah, minha filha, antes que eu esqueça, tenho um recado para você. Um tal de José Carlos telefonou e pediu para você entrar em contato com ele urgentemente.

— José Carlos? — questionei.

— Sim, também estranhei, mas ele disse que era o seu tio.

— Meu Deus! Tio Zeca! Como ele me achou aqui? Naquela confusão toda esqueci de dizer para ele que me mudei!

— Bem, ele ficou muito aliviado ao saber que você morava aqui. Disse que estava louco atrás de você já há algumas semanas.

— Vou ligar para ele assim que terminar esse chá. Deve ser alguma novidade sobre a venda da fábrica dos meus pais. E espero que seja coisa boa — eu disse.

Ficamos apreciando o chá e a vista, quando Ana, visivelmente constrangida, me informou:

— Roberto também telefonou hoje.

Eu me assustei e sem querer prendi a respiração.

— Então é por isso que você está assim. O que ele queria? Notícias de Gael? — perguntei desejando do fundo do meu coração que algum sentimento paterno tivesse despertado nele depois de todo esse tempo.

— Não, ele não perguntou. Eu atendi o telefone e tenho certeza de que ele reconheceu a minha voz. Eu o chamei de filho e ele me ignorou. Só queria saber se você estava por aqui. Como disse que tinha saído, ele desligou. Eu passei muitos anos me culpando, sabe? Achando que eu tinha feito alguma coisa errada, na educação, valores, sei lá. Mas depois fiz as pazes comigo mesma por perceber que a gente não pode controlar um filho. Cabe a nós mostrar o caminho, mas depois ele decide o que fazer. Ainda assim, uma coisa que eu não consigo perder, minha filha, é a esperança, sabe? De que ele me chame de mãe de novo, que volte para casa.

Olhei para Ana e senti muita pena. No meio de tudo isso, às vezes eu esquecia da dor que ela sente pelo filho ser assim. Eu poderia me separar do meu marido e de certa forma seguir com a vida. Mas para ela era diferente. Roberto era seu filho e nem a distância ou a indiferença dele poderia apagar isso.

— Eu sinto tanto, Ana. Se tiver algo que eu possa fazer por você...

— Deixa para lá, minha filha. Isso são sentimentalismos de uma velha. Não quero que você ache que eu esmoreci pelo que

Roberto fez com você e Gael. Ah, isso não. Não vamos misturar as coisas. E por falar nisso, como anda o divórcio? Já saiu?

— Não sei. Já faz um mês que mandei os papéis assinados para o advogado dele, que ficou de me mandar notícias tão logo o processo fosse concluído. Vou esperar um pouco. Se não ouvir nada dele em duas semanas, entro em contato. Por quê?

— Seria bom você encerrar logo esse ciclo de vez, se libertar. E o divórcio vai te ajudar com isso.

— É verdade. Bem, vou aproveitar que Gael ainda está com Maria e telefonar para o tio Zeca. Nos vemos daqui a pouco no jantar.

Dei um beijo no topo da cabeça de Ana e fui para a escada principal. O que Roberto queria comigo depois de todo aquele tempo? Justo agora que as coisas estavam indo bem ele queria retomar o contato? Bem, de repente poderia ser algo relativo ao divórcio ou à pensão de Gael, que ele ainda não havia depositado. Resolvi deixar esse pensamento de lado e telefonar para o tio Zeca. De repente a saudade apertou no meu peito só de pensar nele.

— Tio Zeca! Sou eu, Amanda!

— Mandinha, minha filha, onde você se meteu? Quer me matar do coração? — disse tio Zeca furioso. Ele ainda me chamava pelo apelido de criança, como se eu não tivesse crescido.

— Desculpe-me, tio. O senhor tem toda razão, me perdoe. As coisas saíram dos trilhos e minha vida tomou um rumo que nem sei como começo a te contar.

— Eu já sei, minha filha. Eu sei de tudo. Por que você não me ligou? Eu poderia ter te ajudado! Eu não sou seu tio de sangue, mas sou de coração. Imagine o que seus pais devem estar pensando de mim por não ter te ajudado na hora em que você mais precisou!

— O senhor sabe? Como?

— Mandinha, você sumiu do mapa! Como você acha que te achei? Depois que mandei o documento da fábrica para você assinar e não tive retorno, fiquei louco. Telefonei para seu apartamento e outra mulher atendeu dizendo que você já não morava lá. O seu celular e o de Roberto estavam desativados. Tive que contratar um detetive particular que terminou descobrindo onde você estava, mas não sem antes desvendar o que tinha acontecido.

— Desculpe-me, tio — eu disse envergonhada. — Eu realmente fiquei perdida. Mas por sorte Ana, a mãe de Roberto, apareceu na minha vida e tudo se resolveu. Com ela e Maria estou conseguindo retomar a minha vida. Mas que documento é esse? Será que foi por isso que Roberto me ligou?

— Não acho que tenha sido por isso. Eu mandei esse documento há um mês.

— Mas do que se trata?

— Conseguimos vender a fábrica, filha. Para uma empresa chinesa. Eles fizeram uma proposta e, como não conseguia falar com você, a minha secretária adiantou e mandou o documento por SEDEX. Achei que você pudesse estar fora do país, daí a demora.

— E os chineses esperaram esse tempo todo pela minha assinatura?

— O quê? Eu estava desesperado achando que pudéssemos perder o negócio, mas eles entenderam sua demora como um sinal de que a oferta estava baixa e aumentaram o valor inicial em vinte por cento, Mandinha! Você precisa assinar esse documento agora!

— Meu Deus! Que notícia boa, tio! Acabei com todas as minhas reservas na reforma da pousada. Vai ser bom saber que agora tenho alguma poupança.

— E que poupança! Ainda bem que aquele calhorda não tem direito à sua herança, porque ele não merece um centavo de você. Como ele pode ter te largado assim?

— Tio, já passou e teremos tempo para conversar. Quero que o senhor venha nos visitar para descansar um pouco. Agora me passe o documento por e-mail que eu assino e mando para você por Sedex amanhã.

— Pode deixar, minha filha. E, por favor, Mandinha, não suma. Sabe que você pode contar com seu tio aqui. Para qualquer coisa.

— Eu sei, tio. E me desculpe mais uma vez por te deixar preocupado. Isso não vai se repetir. Por e-mail te passo o número do meu novo celular.

Desliguei o telefone feliz. Minha vida estava voltando ao eixo. Agora que eu tinha uma reserva financeira, poderia garantir que não faltariam recursos para a pousada.

CAPÍTULO 10

Os dias se passaram muito rápido e o grande dia chegou, o *soft opening* da pousada. Eu estava ansiosa para a chegada de todos os nossos convidados, agentes de viagens, jornalistas e críticos. Consegui a maioria dos contatos deles com a Marcela, das Relações Públicas da W.K. Limited, que me deu uma ajuda e tanto.

Todos os convidados se hospedariam por nossa conta e uma série de atividades estava programada para o dia. Massagens, passeios a cavalo, trilha, além de refeições deliciosas e um show intimista à noite. Um grande investimento que tinha tudo para dar certo. Caso nossos convidados gostassem, a pousada de Ana entraria no radar das grandes agências de viagens do Brasil como a primeira pousada Boutique de Teresópolis. Eu estava muito animada.

A grande vantagem do *soft opening* é que, além de termos a oportunidade de dedicar o serviço a formadores de opinião, também receberíamos dicas valiosas para ajustar nossos serviços se necessário, já que a inauguração oficial da pousada seria apenas daqui a um mês.

Tudo correu bem. Pedro não se contentou em ser um mero convidado e assumiu a supervisão da recepção para ajudar o funcionário recém-contratado. O objetivo era fazer com que o check-in fosse personalizado para causar impacto na primeira impressão. Os primeiros hóspedes começaram a chegar às onze horas e um coquetel de boas-vindas estava à disposição deles.

O dia foi extremamente agitado e cansativo. Por mais que tivéssemos planejado tudo, muitos funcionários eram jovens e as perguntas eram inevitáveis. Os hóspedes também exigiam muito, fazendo questionamentos e testando os serviços que colocamos à disposição. Só conseguimos encerrar o primeiro dia de trabalho às onze e meia da noite. Eu estava me despedindo dos últimos hóspedes que se recolhiam depois do show de jazz & blues apresentado por um quarteto da região, um verdadeiro achado. Eu me preparava para fechar a pousada quando ouvi:

— Já vai dormir, Baby?

Congelei. Imediatamente senti um calafrio percorrer por toda a minha espinha ao reconhecer aquela voz. Fiquei parada por um momento, na esperança de ser um truque da minha mente, mas a voz continuou:

— Já se esqueceu de mim? Tão rápido assim?

Fechei os olhos por uns segundos para me recompor. Eu não era mais aquela mulher e queria demonstrar segurança o suficiente para encarar o que estava por vir.

— Roberto, que surpresa. Suponho que você não esteja aqui por Gael, considerando o horário.

— É, você mudou mesmo. Bem que me falaram — ele disse.

— Então agora você colhe informações a meu respeito? Estou lisonjeada. Se fosse outra pessoa eu poderia continuar a conversa, divagando sobre o clima, mas, com você, acho que não cabe, né? Então vamos ser diretos. O que você quer?

— Você não retornou minha ligação.

— Até onde sei, você não deixou recado. Tampouco informou o novo número do seu celular. Ser adivinha ainda não é uma das minhas habilidades.

Roberto começou a me olhar de um jeito diferente, sem aquela brutalidade e dureza dos encontros anteriores. Com uma voz suave, que eu já nem lembrava mais que existia, ele disse:

— Senti sua falta, Baby.

Meu estômago embrulhou. Se fosse em outra época, se eu não tivesse passado por tanta coisa depois que ele nos largou, até poderia acreditar. Mas agora não. Eu sabia que aquilo era uma máscara e que voltei a ser "Baby" por mera conveniência. Só não sabia qual. Então foi naquele momento, olhando para aquele rosto, aqueles olhos, vendo a sua atitude e ouvindo a sua voz, que eu entendi que nunca foi amor. Não estou dizendo que ele não tenha sentido nada por mim, atração talvez. Mas amor? Não. E então, pela primeira vez, eu senti medo. Medo daquele homem que era o pai do meu filho e um completo desconhecido para mim. Medo daquela pessoa que mudava de humor e de gestos como quem troca de roupa. Como um filme em retrospecto, me lembrei de todas aquelas coisas que me incomodavam desde quando namorávamos, mas que ignorava: a insistência em me encontrar, as surpresas, o carro caro, os gastos acima do seu padrão de vida e as desculpas que ele inventava para cada uma delas, as ausências assim que Gael nasceu. Nada daquilo fazia sentido e as justificativas dadas na época eram extremamente vazias. Eu optei por acreditar em todas as desculpas, porque queria crer que não estava sozinha, especialmente depois da morte de meus pais. Quando fiquei desempregada, ele simplesmente parou de tentar se justificar porque a partir daquele momento eu deixei de ser interessante. E então agora, justamente agora quando tudo voltava aos eixos, quando eu me recompunha, ele resolveu voltar. Eu não podia apagá-lo da minha vida por causa do meu filho, mas com certeza não precisava tolerá-lo aqui, a essa hora, chegando à minha casa dessa forma.

— Roberto, está tarde, vou dormir. Você não pode chegar assim, do nada, na hora em que desejar. Se quiser ver o seu filho, você sabe o telefone da pousada, me ligue e combinamos.

— Tudo bem, Amanda? — perguntou Pedro. Eu tinha me esquecido de que ele ainda estava recolhendo as taças no terraço.

— Sim. Roberto já estava de saída. Você me ajuda a fechar essa porta?

Pedro olhou para mim e para Roberto, fazendo o que eu pedi, começando a fechar a grande porta de madeira. Antes que pudesse fechá-la por completo, eu ouvi.

— Eu não vou embora, Baby. Amanhã eu volto. Sonhe comigo — disse Roberto, com um sorriso assustador nos lábios.

E então, com toda tranquilidade do mundo, ele se virou e saiu caminhando pela noite escura. Enquanto Pedro trancava a porta, eu me sentei na cadeira do *lounge* e comecei a tremer. Perdi completamente o controle sobre o meu corpo. Assustado, Pedro veio ao meu encontro.

— Amanda, você está bem?

— O que ele quer aqui, Pedro? Isso é um pesadelo? — eu disse baixo, mas histérica.

— Aquele era seu ex-marido — afirmou ele calmamente.

— Sim, era. Vir aqui, a essa hora da noite, de surpresa. Não é coisa boa, Pedro, eu sei! Ele não veio por Gael, tenho certeza. Sequer perguntou pelo filho.

Cuidadosamente, Pedro perguntou:

— Você acha que ele quer voltar?

Soltei uma risada histérica ao passo que minha tremedeira aumentava. Pedro correu para a cozinha para pegar um copo de água com açúcar.

— Toma, beba isso aqui — ele me ofereceu gentilmente.

Dei alguns goles. Quando me senti mais controlada, disse:

— Eu não sei o que ele quer, Pedro. Mas com certeza não é coisa boa. Eu sinto.

— Amanda, você precisa descansar. O dia foi longo e amanhã teremos outra jornada pela frente. Suba e deixe que eu termino tudo por aqui.

— Eu não sei se consigo dormir, Pedro. Não vou conseguir parar de pensar que esse homem está rondando por aqui.

— Não se preocupe. Vou fechar tudo com tranca e você poderá dormir tranquila.

Ainda receosa, mas sabendo que amanhã era um grande dia e nada poderia sair errado, tentei me recompor e disse:

— Você tem razão. Não adianta divagar sobre o motivo da visita dele. Não posso deixar nada estragar esse fim de semana. Vejo você amanhã?

— Claro. Até amanhã — disse Pedro, me dando um beijo no topo da cabeça.

Não consegui dormir. Fiquei tentando entender por que Roberto apareceu assim, sem nenhum aviso prévio depois de ter me enxotado do apartamento dele. E aquela namorada? Onde ela estava? Quando deu quatro horas da manhã, me forcei a desligar. Coloquei uma música relaxante para tocar no celular, mas não funcionou. Por isso resolvi ir à cozinha para pegar um chá. Foi então que vi Pedro dormindo na cadeira da recepção. Ele não foi para casa. Ficou aqui para cuidar de mim. Subi rapidamente as escadas para pegar uma colcha quentinha, fazia muito frio de madrugada. Eu o cobri com cuidado e fui preparar um chá de camomila. Abri a janela que dava para o terraço e comecei a admirar o nascer do sol. Fiz uma prece silenciosa a Deus, pedindo que iluminasse meu caminho e que não me deixasse fraquejar. Pedi a meus pais que, onde quer que eles estivessem, olhassem por mim e por Gael e que nos protegessem de todo o mal. Pedia com todo meu coração, a ponto de sentir lágrimas silenciosas caírem pelo meu rosto. Em poucos segundos elas se intensificaram e comecei a chorar compulsivamente, em silêncio, e não percebi Pedro chegar.

— Você está chorando de novo — ele disse.

— Desculpe-me, acordei você?

— Não. O que aconteceu? Roberto voltou? — perguntou visivelmente preocupado, olhando para os lados em busca de algum sinal da presença dele.

Respirei fundo e enxuguei as lágrimas do rosto.

— Não, não — apressei-me em dizer. — Eu estava aqui rezando, conversando com Deus e com meus pais, e as lágrimas vieram. Como que para levar embora toda a angústia e medo que carrego dentro de mim. Não são lágrimas de tristeza. São lágrimas de alívio. Me sinto mais leve agora e pronta para encarar o dia.

Levantei-me da cadeira, peguei minha xícara e disse:

— Obrigada por ter dormido aqui. Você deve estar todo dolorido, quer tomar café da manhã comigo? Assim aproveitamos a tranquilidade antes que todos comecem a acordar.

— Eu estou acostumado a dormir em lugares piores. Essa cadeira pelo menos é acolchoada — disse, minimizando. — Um café cairá muito bem, obrigado — completou.

Mas eu sabia que não era assim. Os sinais estavam ali, claros como a luz do sol. A ajuda com Gael, a reforma da pousada, as negociações com os comerciantes locais. O que ele me disse naquele dia na escada da pousada, que eu era linda. Era muito mais do que engajamento comunitário. Eu não queria enxergar antes, mas agora já não tinha medo. Ele gostava de mim. Mas não diria nada até eu estar pronta. "Tenha um pouco mais de paciência, Pedro", pensei comigo mesma. "Preciso só um pouco mais de tempo. Especialmente para poder voltar a acreditar".

Tomamos um café da manhã com calma e em seguida fui tomar banho. Em algumas horas teríamos hóspedes acordando e tudo tinha que estar perfeito para o café da manhã.

A manhã e início de tarde transcorreram agradavelmente. Consegui conter a tensão por saber que Roberto poderia aparecer a qualquer momento e me concentrei nos convidados. Alguns começaram o processo de checkout e a maioria estava muito agradecida pela estadia, dando excelentes feedbacks. Outros críticos eram mais reservados e não revelaram nada. Teria que aguardar até que eles publicassem um *review*.

Às quatro horas da tarde fui procurar Gael. Estava com saudades já que praticamente não o tinha visto o dia todo. Fui em direção ao fundo da casa, onde tinha uma grande várzea, e gelei com a cena que vi: Roberto jogando bola, dizendo palavras de incentivo, e Gael, paralisado, olhando para ele como que em choque, sem saber o que fazer.

— Não, filhão, assim. Chute desse jeito. Vamos! — dizia Roberto.

Saí correndo o mais rápido que pude e gritei:

— Gael, vem aqui, filho, vem aqui!

Quando cheguei próximo, ele correu e abraçou minha perna.

— Mamãe, o papai está aqui — disse timidamente.

A minha vontade era de gritar, de mandar Roberto à merda. Como ele some da vida do filho por três meses e volta assim, sem mais nem menos, passando por cima de mim? Mas tive que manter a minha compostura. Até porque meu grito já tinha atraído muita gente. Olhei para o lado e vi Ana, Maria e Pedro correndo em nossa direção. Assim que Ana percebeu que o filho estava ali, estacou.

— Que recepção — disse Roberto. — Tudo bem, mãe? Como a senhora está? — perguntou como se realmente se importasse.

— Amanda, meu amor, eu não vim mais cedo porque sabia que você teria um dia decisivo com todos esses críticos. Mas acho que eles já devem ter ido embora.

— Desde quando você está aqui? — perguntei baixinho, rangendo os dentes, tentando controlar a raiva.

— Acabei de chegar. Estava brincando com nosso filho, não é, garotão? — disse Roberto olhando para Gael, que simplesmente acenou com a cabeça, ainda agarrado às minhas pernas. — Bem, gostaria de saber se você não quer sair para jantar. Conheço alguns restaurantes bem recomendados por aqui, o que é raro. Mas parece que a região evoluiu um pouco desde que saí de casa — disse com a maior naturalidade.

Olhei atônita para Roberto. Aquilo só poderia ser um pesadelo. Olhei para Pedro, que estava alerta. Olhei para Ana, que estava angustiada, e vi desprezo nos olhos de Maria. Bastava um sinal meu que ela enxotaria Roberto dali. Mas quando olhei para Gael, meu coração se esfacelou. Ele percebia a tensão no ar. Eu precisava encontrar uma forma de lidar melhor com isso, pelo meu filho. Afinal, aquele era o pai dele.

Controlando meu tom de voz disse:

— Obrigada pelo convite, Roberto, mas eu estou cansada depois de um fim de semana intenso. Quem sabe um outro dia. Lamento tê-lo feito perder a viagem.

— Imagina, não perdi. Tenho certeza de que Gael me fará companhia, não é, filho?

Ele queria levar meu filho para passear? Ele abriu mão da guarda e não poderia fazer isso assim, desse jeito. Ao mesmo tempo, ele nunca fez nenhum mal para Gael e eu não queria complicar essa relação tão confusa. Olhei para meu filho e perguntei baixinho, só para ele ouvir:

— Amor, você quer passear com papai?

Gael agarrou ainda mais minhas pernas, olhou para mim e disse baixinho:

— Podemos ficar aqui, mamãe? Não quero sair com papai.

Meu menino estava com medo do pai, que tinha se transformado em um estranho para ele.

— Então, filhão, vamos? Se dermos sorte, ainda encontramos alguma loja de brinquedos aberta. Decerto que deve ter alguma que abre domingo por aqui. Tem, mãe? — perguntou Roberto olhando para Ana, que nada respondeu, de tão pasma que estava.

Eu não deixaria meu filho sair de perto dos meus olhos, tampouco queria criar confusão sem saber se o divórcio e a guarda total tinha sido concedida. No dia seguinte sem falta ligaria para o advogado. Mas, enquanto isso, resolvi apaziguar as coisas.

— Roberto, Gael também está cansado e amanhã tem aula. Por que não fazemos assim: você fica para jantar e aproveita esse tempo para brincar com ele?

— Oba — disse Gael. — Gostei, mamãe!

Meu filho vibrou, mas não de felicidade, e sim de alívio por ficar em uma zona segura.

Quanto a Roberto, dava para ver em seus olhos que não gostou da minha interferência, mas manteve a pose e o sorriso. Ele sabia que não poderia forçar a barra. Pelo menos não ali, com tantos expectadores.

— Claro, será um prazer jantar com vocês. Experiência interessante entrar novamente na casa em que vivi por tantos anos.

— Ótimo, o jantar será servido às seis horas — eu disse olhando para Maria.

Iríamos antecipar o jantar em uma hora e ela tinha entendido a mensagem. Roberto teria duas horas, não mais do que isso. Amanhã mesmo eu começaria a impor limites.

Durante todo esse tempo, Roberto não voltou a se dirigir à mãe. Nem um abraço, nem um beijo, ou simplesmente uma palavra. As interações aconteciam apenas quando eram convenientes. Tampouco voltou a brincar com Gael. Sentou-se em uma cadeira, onde mexia no celular, e Gael, recuperado do susto, a todo instante o chamava para jogar bola ou ver uma borboleta que voava logo ali, mas ele ignorava.

Eu estava distante, mas perto o suficiente para ajudar meu filho no que ele precisasse.

— Todos já foram embora, Amanda, e está tudo arrumado. Posso dispensar o pessoal? — perguntou Pedro.

— Sim, por favor. Tinha me esquecido deles.
— Depois disso você precisa de mais alguma coisa? Quer que eu fique aqui? — disse Pedro, visivelmente preocupado.
— A sua companhia é sempre prazerosa, Pedro. Mas não agora. Não quero piorar a situação com Roberto. Preciso resolver isso sozinha.
— Você tem certeza?
— Sim. Ana e Maria estão aqui, além dos funcionários da pousada. São apenas duas horas. Duas horas e meia no máximo, e ele vai embora. Amanhã na primeira hora vou ligar para o advogado para saber como está o processo do divórcio e estabelecer limites. Só não quero fazer isso aqui, na frente de Gael.
— Tudo bem. Você me liga então quando ele for embora? — perguntou Pedro com visível preocupação nos olhos. Preocupação de quem sabia que não poderia fazer nada além de esperar.
— Ligo, sim.
— E se precisar de alguma coisa, me avise.
— Pode deixar — eu disse, enquanto Pedro me dava outro beijo no topo da cabeça. Estava começando a me acostumar com essa nova demonstração de carinho.

Tão logo Pedro se foi, Roberto saiu de onde estava e caminhou lentamente em minha direção.

— Namoradinho novo? Não achei que você seria tão rápida, Baby. Estou decepcionado. Tinha certeza de que você sofreria um pouco pela minha ausência, mas parece que me enganei — disse com falsa cara de tristeza.

— Eu não sou igual a você, Roberto — falei com todo desprezo que sentia por ele, já que Gael estava longe e não podia ouvir.

— Então eu não estava errado. Ainda com ciúmes? Achei que você já tivesse esquecido aquela minha crise de meia-idade. Foi só uma fase, Baby, agora estou bem e *sozinho* — disse frisando essa última palavra e tocando em minhas mãos.

Afastei-me rapidamente de Roberto e perguntei:

— Afinal, o que você quer? Já deu para perceber que não é saudades do seu filho, a quem você não dedicou sequer um minuto.

Roberto me olhou por um momento, como que ponderando o que falar, e disse:

— Eu quero a minha família de volta. Eu errei, sim, errei. Mas quero reparar o meu erro. Me dá uma chance, Amanda. Vamos viajar para a Disney, eu, você e Gael. Depois podemos recomeçar a vida longe daqui, em outro país, quem sabe.

Olhei para ele abismada. Como se pudéssemos simplesmente passar uma borracha em cima de tudo o que aconteceu.

— Você só pode estar louco! Você acha que pode transformar as nossas vidas em um inferno e aparecer aqui assim, fazendo uma proposta como essa? Você não sabe o que é amor, Roberto.

— Amor? — perguntou Roberto em meio a uma gargalhada. — Amanda, você matou o nosso amor. Quando você decidiu ficar em casa, sem trabalhar, aquela mulher que eu tinha conhecido sumiu. Não foi só você que sofreu. Eu me senti ludibriado. Mas agora, depois do que você fez aqui, vi que a velha Amanda está de volta e estou disposto a te dar uma chance. Vamos recomeçar. O amor, que é tão importante para você, vem com o tempo.

— Eu decidi ficar em casa? Eu perdi meu emprego, Roberto! Fui demitida! E conversamos sobre isso, na época e de comum acordo, decidimos que eu deveria ficar com Gael um pouco — disse exasperada. — Mas quer saber de uma coisa? Eu não quero saber qual narrativa é a correta ou quem sofreu mais. Eu só quero que você saia daqui. Eu não quero você perto de mim e, se puder, não quero você perto do meu filho. Quem me enoja agora é você — disse cuspindo no chão.

Minha atitude pegou Roberto de surpresa, que disse:

— Eu vou, sim, Amanda. Até porque eu não suportaria jantar na mesma mesa daquela mulher.

A forma como ele se referia à própria mãe era ultrajante. Como eu pude ficar tanto tempo ao seu lado sem perceber a sua verdadeira natureza?

— Mas eu volto, Baby. Se não por você, pelo meu filho. E eu vou fazer com ele coisas que todos os pais fazem. Vamos sair, passear e viajar para lugares incríveis — disse em tom de ameaça velada.

O pânico se instalou nos meus olhos e ele viu. E também se divertiu.

— Você não pode fazer isso — eu disse.

— Claro que posso. Tente me impedir, Baby.

Sem aviso prévio, ele deu um beijo rápido na minha bochecha e foi embora, sem sequer se despedir do filho.

***

Fingir que estava tudo bem enquanto preparava Gael para dormir foi uma das coisas mais difíceis que eu fiz na vida. Principalmente quando, na hora da prece, ele olhou pra mim e perguntou:

— Mamãe, o papai gosta de mim?

Aquele menino lindo, tão pequenino, questionando uma coisa dessas. Ele deve ter sentido alguma coisa, e isso partia meu coração. Por mais que eu desejasse Roberto o mais longe possível da gente, jamais gostaria que meu filho crescesse achando que o pai não gostasse dele. Lembrei a conversa que tive com a psicopedagoga da escola, quando demonstrei certa preocupação pelo fato de o pai estar ausente na vida dele, e resolvi responder com outra pergunta.

— O que você acha? — eu precisava saber o que se passava na cabecinha dele.

Ele desviou os olhos de mim para suas mãozinhas e disse:

— Acho que não.

Fechei os olhos e fiz uma prece silenciosa a Deus para que me ajudasse a responder aos questionamentos do meu filho da forma correta. De um jeito que ele não se machucasse.

— Por que você acha que ele não gosta de você, meu amor?

— Porque ele foi embora sem falar comigo.

"Então ele percebeu", pensei.

— Não, amor, seu pai gosta de você. Muito — disse.

— Gosta?

— Sim. Você sabe que ele é muito ocupado e viaja muito.

— Hum, hum. Mas ele foi embora sem dar tchau.

— É verdade, mas essa foi a única vez que ele fez isso, certo?

— Sim, só que ele não dá beijo, abraço, como tio Pedro e você, mamãe.

"É verdade", ponderei. Gael observava mais do que eu pensava, para uma criança de quatro anos de idade.

— Sim, porém isso não quer dizer que ele não te ama. Só que as pessoas demonstram esse amor de forma diferente. Entende? Vamos dormir agora? Amanhã você tem um longo dia. Depois da escola tem aula de equitação — eu disse, desviando de assunto propositadamente.

A estratégia funcionou. Gael dormiu em poucos minutos. Já eu estava sem sono, angustiada e tentando organizar os meus pensamentos. Tinha muito o que fazer pela manhã e ainda precisava ver como andava meu processo de divórcio. Minha relação com Roberto precisava de um fim.

Fui para a cozinha em busca de um chá e encontrei Ana sentada no terraço, na penumbra, olhando para o nada. Esquentei rapidamente a água na chaleira, servi duas xícaras e me sentei ao lado dela.

— Obrigada, minha filha. Mas você deveria tentar dormir um pouco — disse Ana.

— Você também. — Eu bem sabia que o dia dela tinha sido tão terrível quanto o meu, senão pior.

— Eu sei, eu sei. Mas é que eu ainda me assusto, sabe? Quando ele me olha assim, eu consigo ver tanto ódio. Aí repasso toda a nossa vida na minha cabeça, desde quando ele era um bebê, para tentar entender em que ponto tudo mudou. Quando o amor virou ódio.

Fiquei em silêncio. Não tinha o que dizer.

— Amanda, me escute — Ana continuou. — Nunca pensei que teria que dizer algo assim sobre meu próprio filho, mas não sou irresponsável, nem cega. Você precisa se proteger, minha filha. A forma como ele entrou aqui e tratou Gael...

— E você — eu interrompi.

— Não, eu não. Comigo sempre foi assim e dá para ver que ele não tem nenhum interesse por mim. Já por você, minha filha, está claro.

— O que está claro, Ana? Você está me assustando — eu disse, aflita.

— Está claro que ele não te deixará tão cedo. Que ele quer alguma coisa de você. E que por isso você não terá tranquilidade enquanto não der um basta nisso. Você está recomeçando a sua vida. Não o deixe destruir tudo mais uma vez.

Olhei para ela e vi amor. Amor de uma pessoa que eu conhecia há pouco tempo e que já era tão vital na minha vida. Meu coração se aqueceu e instantaneamente recobrei minhas forças.

— Ele não vai atrapalhar nada, Ana — eu disse tentando tranquilizar a ela e a mim. — Amanhã mesmo entrarei em contato com o advogado e verei o que posso fazer. Se as coisas ficarem complicadas, sei que posso contar com meu tio Zeca. Ele é um dos melhores advogados em Salvador e decerto poderá me orientar.

— Ótimo, ótimo — disse Ana dando tapinhas na minha mão.

— Vamos dormir, então. Já sei que se eu ficar por aqui, você também ficará e isso não é bom para nenhuma de nós.

CAPÍTULO 11

Acordei atrasada. Em algum momento da noite o sono me pegou e dormi profundamente, sem sonhos. Faltavam apenas vinte minutos para Gael entrar na escola. Corri para seu quarto e ele não estava lá. Decerto Ana ou Maria percebeu meu atraso e adiantou as coisas para mim.

Sem ao menos tomar banho, troquei de roupa, escovei os dentes, joguei uma água no rosto e prendi o meu cabelo de qualquer jeito. Peguei minha bolsa e desci correndo a escada. Gael não estava na recepção nem na cozinha.

— Gael, Gael! — gritei, começando a ficar desesperada.
— Amanda! — gritou Maria. — Aqui!

Virei-me e encontrei Maria subindo as escadas que davam para a recepção.

— Onde está Gael? — perguntei.
— Já foi para a escola — disse Maria.
— Como assim?
— Ave Maria! — esbravejou Maria. — A senhora perdeu a hora, estava tão cansada que eu e dona Ana arrumamos Gael e demos café da manhã para ele. Depois dona Ana tentou te acordar e nada, você dormia como uma pedra. Por isso ela deixou um bilhete para senhora não se preocupar. Ela levou Gael para a escola. Pegou uma carona com seu Paulo do leite.

— Ah! Meu Deus! Como eu posso ter dormido desse jeito? — disse chocada.

— Cansaço, né, dona Amanda? As coisas estão meio agitadas. Venha, vamos tomar um café da manhã — convidou Maria.

— Vou, sim, Maria. Mas antes eu preciso de um banho para acordar melhor. Depois tomo café e saio, porque tenho muito o que resolver hoje.

Depois do banho tomei um café reforçado, aproveitando para organizar meus pensamentos sobre as ações que teria que tomar logo mais. Precisava conversar com tio Zeca. O contrato de venda da fábrica foi enviado há semanas, e eu precisava saber quando o dinheiro seria depositado na minha conta. Saber que eu tinha alguma reserva financeira era o que me trazia segurança nesse momento. "No pior dos cenários eu pegaria meu filho e fugiria dali", pensei levianamente.

Chamei um carro por aplicativo. Quinze minutos de espera. "Eu preciso comprar um carro", pensei comigo mesma. Aqui na serra os carros de aplicativo demoravam muito para chegar e nem sempre poderia contar com a boa vontade de Pedro. Por isso, tão logo recebesse o dinheiro da venda da fábrica, resolveria essa questão.

Deixei para telefonar para o advogado quando estivesse na cidade. Queria ter um pouco de privacidade ao conversar com ele. Já eram quase dez horas quando chegamos. Procurei um local tranquilo em um café perto e pedi por uma água enquanto a ligação completava.

— Alô — disse uma voz masculina do outro lado da linha.

— Dr. Ivan? — perguntei.

— Sim, quem fala?

— Olá, bom dia. Aqui é Amanda, a ex-esposa de Roberto Seixas. Enviei o contrato de divórcio assinado para o senhor há mais de dois meses e gostaria de saber se o processo já foi concluído — eu disse.

Silêncio na linha. Dr. Ivan não respondeu nada.

— Alô? Dr. Ivan. O senhor está aí?

Depois de uns breves segundos que pareceram ser uma eternidade, ele respondeu:

— Sim, sim, estou aqui.

— Então. Como anda o processo? Posso passar no cartório para pegar a declaração de divórcio?

— Amanda — disse pausadamente —, eu não sei bem como te dizer isso.

De novo aquele frio na espinha tão característico. Ele sempre vinha quando eu percebia que alguma coisa não estava bem.

— Por favor, Dr. Ivan, diga logo. O que aconteceu? — me exasperei.

— Veja bem, eu não sou mais o advogado de Roberto. Não represento mais os seus interesses e por isso eu não posso te ajudar.

— Como assim? O que que aconteceu? — questionei perplexa.

— Infelizmente não posso comentar mais nada. Trata-se de sigilo profissional entre cliente e advogado — limitou-se a dizer.

Tentando conter toda a minha frustração, tentei apaziguar. Conversar com Roberto para saber do divórcio não era uma opção no momento. Dr. Ivan precisava me ajudar.

— Tá, tudo bem, entendi. Mas o senhor não pode ao menos dizer se o processo de divórcio já saiu? Ou me orientar sobre como fazer essa consulta no cartório? Eu não fiquei com nenhum documento ou protocolo e não sei como essas coisas funcionam.

— Amanda, acho melhor você falar diretamente com Roberto — limitou-se a dizer.

— Dr. Ivan, eu falaria com Roberto se fosse possível, caramba! — explodi. — O senhor bem sabe como as coisas terminaram entre a gente. Eu não estou pedindo para o senhor me contar nenhum segredo.

— Amanda... — disse dr. Ivan em tom pesaroso.

— Olha, me desculpe — interrompi —, me desculpe. Eu não deveria ter explodido assim com o senhor. Mas eu não tenho o telefone de Roberto. Ele mudou o número e não me avisou. Sumiu do mapa e ontem, do nada, apareceu aqui na minha casa dizendo que queria reatar. Loucura, né? Olha, eu só quero recomeçar a minha vida. Será que ao menos o senhor pode me dizer qual cartório devo consultar? Eu ligo para lá e vejo como as coisas estão. Por favor — implorei, mais calma.

Do outro lado da linha ouvi uma respiração pesada. Logo depois, como se estivesse ponderando algo, dr. Ivan disse:

— Não adianta você ligar para o cartório, Amanda.

— Por que não adianta?

— Eu não deveria dizer isso, mas entendo que não é justo com você. Roberto não deu entrada no divórcio — disse dr. Ivan.

— O quê? — perguntei abismada. — Como assim?

— Desculpe-me, Amanda, mas isso é tudo o que posso dizer. Tenho que desligar — e a ligação foi cortada.

Isso não era verdade! Não podia ser, porque não fazia sentido. Ele me expulsou da vida dele, colocou outra mulher no nosso apartamento e me roubou! Não fazia sentido permanecer casado comigo. A não ser que ele fosse um sádico ou um psicopata, o que ele não era. Quer dizer, depois do dia anterior já não sabia mais.

Peguei meu celular e tentei desesperadamente ligar para o número antigo de Roberto sem sucesso. A mensagem era sempre a mesma: "Esse número não existe".

Paguei pela água e voltei correndo para a pousada. Eu tinha uma cópia do processo de divórcio no meu computador. Eu iria conversar com tio Zeca e era bom estar com isso em mãos.

Assim que cheguei à pousada, notei o barulho da televisão ligada, que estava muito alta. Ana, Maria e outros dois funcionários estavam sentados, em frente à TV, assistindo ao noticiário. Aproximei-me a tempo de ouvir:

A Justiça do Rio de Janeiro decretou a prisão temporária do médico Roberto Seixas, responsável por um procedimento estético que resultou na morte da dona de casa Alessandra Almeida. A identidade do médico foi descoberta através da quebra do sigilo telefônico da vítima que agendou o procedimento, por meio de um aplicativo, com a namorada do médico, que já se encontra presa e confirmou todo o esquema. A paciente foi atendida em um apartamento de luxo na Barra da Tijuca, prática condenada pelo Cremerj (Conselho Regional de Medicina do Estado do Rio de Janeiro), que informou que o médico não tem habilitação para o exercício dessa especialidade. O médico Roberto Seixas é neurocirurgião, mas estava com CRM suspenso devido a um processo de negligência médica.

Sem perceber esbarrei no jarro de flores que se espatifou no chão.

— Agora tudo faz sentido — eu disse.

Uma hora depois o delegado da cidade estava na sala, colhendo meu depoimento. Passei a hora seguinte contando sobre meu casamento com Roberto, a separação, falei em detalhes sobre como ele roubou dois milhões de reais, para espanto de Ana que agora ouvia tudo, e como eu tive que vender o apartamento onde morávamos para quitar as suas dívidas e depois descobri que ele tinha se beneficiado disso ficando no imóvel. Por fim, contei sobre como ele resolveu aparecer de surpresa no sábado e no domingo e da sua insistência em retomar o casamento e sair do país.

— Então hoje liguei para o advogado que cuida do processo do divórcio e descobri que ele sequer deu entrada nos papéis. A essa altura ele já deve saber que meu tio finalmente conseguiu vender a fábrica dos meus pais e deve estar contando com esse dinheiro para fugir do país. Só por isso ele quer retomar o casamento — concluí.

— Mas esse dinheiro ainda não está disponível para a senhora, está? — questionou o delegado.

— Não. Enviei os documentos há alguns dias para Salvador. Deve demorar para a transação ser concluída — ponderei.

— Ótimo, então. Obrigada pelo seu depoimento, sra. Amanda. Por enquanto é só. Repassarei todas essas informações para o delegado responsável pelo caso no Rio de Janeiro e ele provavelmente deve vir do Rio para fazer perguntas adicionais — ele disse.

— Certo. E como ficamos por aqui? E se ele voltar? Estamos em perigo?

— Acho pouco provável que ele volte, agora que a sua foto está estampada em todos os telejornais. Com certeza já deve ter saído da cidade. Tampouco acho que ele represente algum perigo para a senhora, considerando o histórico dele.

— Mas ele fez ameaças de levar o meu filho, delegado.

— Entendo a sua preocupação, mas foram ameaças apenas, sem nada concreto e sem precedentes. Eu entendo que a senhora deseje maior proteção, mas aqui no distrito temos um número muito limitado de policiais, não somos como a capital. E considerando o tamanho dessa área, dificilmente conseguiríamos garantir a cobertura necessária, se fosse o caso.

— E o que eu faço então, meu Deus? — eu disse olhando para o teto, clamando por intervenção divina.

— Sra. Amanda, nesse momento eu recomendo que a senhora e seu filho fiquem em casa, evitem se deslocar pela cidade. Veja se tem alguns amigos ou funcionários da pousada que possam se revezar na vigilância até eu ter um retorno do pessoal do Rio de Janeiro — disse o delegado.

— Pode deixar que eu cuido disso — disse Pedro. Então ele estava ali, o tempo todo, ouvindo meu depoimento. — Tenho funcionários na fazenda que podem ajudar — complementou.

— Está certo, então — assentiu o delegado. — Tenho que reportar tudo o que ouvi da senhora, mas manterei contato.

Tão logo o delegado saiu e as pessoas se dispersavam, Pedro chegou perto de mim e disse:

— Você não está sozinha, Amanda. Você entende?

Balancei a cabeça em sinal de concordância.

— Não, eu preciso ouvir. Você sabe que não está sozinha, não sabe? Sei que é muito cedo para te pedir qualquer coisa ou que confie em mim. Mas você não vai me excluir disso, você entende?

— Sim. E obrigada — eu disse. — Obrigada por tudo e pela paciência. Mas você tem certeza de que quer ficar junto, Pedro? Nem eu acredito no que a minha vida se transformou. Parece um pesadelo!

— Amanda, quando se gosta de uma pessoa, de verdade, não existe isso de fugir ou se afastar quando as coisas ficam difíceis. É justamente o contrário. Sei que você passou pelos piores momentos da sua vida sozinha e que você é uma mulher forte. Não tenho dúvidas disso. Mas agora, nesse momento, você tem a escolha de não ficar sozinha. E eu não falo só de mim. Tem Ana e principalmente Maria, que trabalha com você há anos — ele disse. — Deixe a gente entrar um pouco na sua vida, Amanda. Não nos exclua, por favor.

Meu instinto de preservação dizia para recusar a ajuda. Eu poderia dar conta disso sozinha. Eu não queria comprometer a minha independência de novo, compartilhando pequenas coisas da minha vida e correr o risco de me machucar. Mas Pedro tinha razão. Ele estava longe de ser Roberto e eu o queria por perto. Muito mais do que poderia admitir. Por isso sorri e devolvi o beijo que ele sempre me dava no topo da cabeça, só que no seu rosto.

— Eu tenho que buscar Gael na escola. Você me leva?

Era tudo o que eu conseguia dizer naquele momento, mas acho que ele entendeu que eu estava tentando. Por isso ele sorriu de volta e me conduziu ao seu carro.

CAPÍTULO 12

O trajeto da pousada para a escola me trouxe uma tranquilidade e segurança que há muito tempo eu não sentia, e era uma pausa necessária no meio daquele turbilhão.

— Você já recebeu alguma crítica sobre a pousada? — perguntou Pedro.

— Sim, algumas coisas, por meio de conversas informais. Sabe aquela senhora que tem uma agência de viagens especializada em viagens em família?

— Sim, lembro-me dela — afirmou Pedro.

— Pois bem, ela elogiou que temos quartos para acomodar famílias grandes, de até seis membros, o que é uma raridade. Foi uma ótima ideia transformar o sótão em dois quartos tamanho família. Transformamos um espaço morto em algo lucrativo.

— É verdade. E os quartos são lindos. Para mim, são os melhores da pousada. A arquitetura única ajudou no design e deixou o local bem lúdico e integrado com o espaço externo.

— Graças a você e suas ideias — eu disse olhando para ele. — Se eu tivesse que pagar por tudo o que você fez, eu não...

— Pare — disse ele me interrompendo.

— Eu sei, desculpe — eu me antecipei.

— Também não precisa pedir desculpas — ele disse rindo.

Seu semblante me fez rir também.

— Está confusa? — perguntou em tom de brincadeira.

— Não — eu disse com sinceridade. — Eu sei por que você fez isso, só não sei se eu estou preparada para retribuir da forma que você merece — eu disse de uma vez.

—Amanda, eu não fiz essas coisas esperando algo em troca. No início, quando você pediu para eu restaurar a recepção, foi difícil pensar em retomar um ofício que resolvi abandonar achando que ajudaria a superar a morte da minha família. Até então, para mim, a minha obsessão em restaurar, em buscar um projeto mais desafiador que o outro, foi o que tinha ocasionado a morte deles.

— Não pense assim — eu disse, interrompendo.

— Agora eu sei que isso não tem nada a ver. Mas quando você pediu ajuda, tudo o que eu lutava para esquecer veio à tona e eu não soube lidar com isso. Não dá para apagar quem você é por conta de uma experiência ruim e recomeçar do zero. Não é assim que a gente funciona. Então ajudar você nas outras coisas da pousada foi natural e terapêutico, se você quer saber — finalizou dando uma piscadinha.

— Ah, tá — eu disse um pouco decepcionada.

Devo ter deixado transparecer algo em meu rosto, visto que Pedro se viu obrigado a esclarecer.

— Mas isso não invalida o que eu te falei. Eu gosto de você. Só não quero que pense que minha dedicação à pousada foi por causa disso. Você não me deve nada e não se cobre por isso.

Fiquei agradecida por estarmos próximos da escola de Gael para que eu não precisasse responder. Eu tinha sentimentos tão dúbios dentro de mim que nesse momento era melhor deixá-los de lado. "Uma coisa de cada vez", pensei.

— Chegamos — eu disse. — Você espera aqui?

— Espero. Vou parar o carro logo ali na frente — disse Pedro sinalizando o local.

Cheguei na hora exata do término da aula. Fui cumprimentando os inspetores à medida em que seguia para a sala de Gael.

Eu só queria pegar meu filho, abraçá-lo e ficar grudada nele na pousada até essa fase acabar. Em algum momento o seu pai seria preso e eu teria que conversar com ele a respeito. Me ocorreu pedir apoio à psicóloga da escola. Com certeza ela poderia me orientar sobre a melhor forma de fazer isso.

Cheguei à porta da sala de Gael com o maior sorriso e, em meio aos outros pais que já estavam na porta da sala, tentei localizá-lo pela janela. Quando chegou a minha vez, eu não percebi a cara da professora, que estava confusa.

— Cadê o Gael? Está no banheiro? — perguntei sorrindo.

Aturdida, a professora respondeu:

— Amanda, ele já foi — respondeu a professora atônita.

— Como assim? Que brincadeira é essa? — perguntei assustada.

— O pai o pegou. Eles saíram mais cedo, ele disse que tinha que levar Gael ao médico.

— O pai? Vocês entregaram o meu filho para o pai? Vocês são loucos? — gritei.

Nesse momento as pessoas começaram a olhar na minha direção, por conta do meu tom de voz elevado.

— Amanda, ele é o pai. Roberto Seixas, não? Conferimos tudo certinho — disse a professora em voz baixa, tentando me acalmar.

Tentei clarear meus pensamentos. Eu não poderia surtar. Não agora.

— Como é que vocês puderam entregar Gael para o pai, que nunca veio aqui? — questionei pausadamente, mas em dois tons mais alto do que o de costume.

— Amanda, você forneceu todos os dados e documentos do pai quando da matrícula. Ele foi listado como um dos responsáveis. Em nenhum momento foi proibido o acesso dele à escola. A ficha de Gael, lembra? Você autorizou.

Tentei lembrar o que eu tinha feito.

— Lembro, merda. Merda! Mas isso foi antes.

— Antes de quê? — disse a professora.

— Antes de eu descobrir que o pai do meu filho é um fugitivo da polícia!

* * *

Em menos de vinte minutos a polícia chegou à escola e pediu imagem das câmeras de vigilância. Professores, inspetores, ambulantes que ficavam fora da escola, todos eles foram ouvidos, mas não tinham nada novo a acrescentar. Roberto chegou à escola às 14h30, apresentou o documento de identidade, pegou Gael e saiu. Ele não ficou mais do que dez minutos dentro da escola, que não tinha culpa de nada. Eu, ingenuamente, deixei os dados de Roberto registrados e me culpava por isso.

— Você não tinha como adivinhar, Amanda. Ninguém espera que um pai faça algo do gênero com o filho — disse Pedro, ponderando. — Além disso, foi tudo muito rápido. Você descobriu tudo isso hoje, não tinha como a escola saber. Você já ia tirar Gael da escola por alguns dias.

— Eu poderia ter feito mais, Pedro. Ele é meu filho. Para onde esse monstro levou meu filho? — disse destilando ódio dos meus olhos. — Eu vou até o inferno, mas eu trago meu filho de volta.

— Sra. Amanda — interrompeu o delegado. — Por aqui já terminamos e não tem mais nada que possa ser feito. Os estabelecimentos ao redor da escola não possuem câmeras, então não temos mais imagens sobre aonde ele possa ter ido — informou o delegado.

— Mas vocês têm que fazer alguma coisa — vociferei. — Meu filho tem quatro anos e está nas mãos de um louco, que não sabe o que é ser pai.

— Calma, minha filha — ouvi a voz de Ana logo atrás de mim. Ela deve ter vindo correndo tão logo soube o que tinha acontecido.

— O que eu menos quero agora é ficar calma. Ficar calma não trará o meu filho de volta. Delegado, se o senhor não fizer nada, eu mesma faço. Não vou ficar aqui parada!

— Sra. Amanda, todos os acessos de entrada e saída da cidade estão bloqueados. Bem como os da cidade próxima. O sr. Roberto saiu daqui com uma diferença de dez minutos antes da sua entrada. Nós chegamos aqui vinte minutos depois e logo em seguida os acessos foram fechados. Tenho certeza de que ele não foi muito longe. Contudo... — disse pausando.

— Contudo o quê, delegado? — perguntei em desespero.

— Ele cresceu aqui. Existem muitos caminhos alternativos e lugares onde ele pode se esconder. Claro que em nenhum deles seria possível ficar isolado com uma criança sem um preparo prévio, mas é uma possibilidade que temos que considerar — ele disse. — De qualquer forma, o reforço do Rio de Janeiro já está a caminho, devem chegar em, no máximo, uma hora e meia. As cidades próximas e as que fazem divisa com o Rio de Janeiro também estão em alerta. Eu sei que a senhora não quer ouvir isso nesse momento, mas eu preciso que a senhora tenha calma. Agora tudo o que podemos fazer é esperar. O que ele quer é desespero e desorganização. E eu não vou permitir isso.

Assenti.

— O que eu faço então, doutor? — disse contendo sem sucesso as lágrimas que caíam do meu rosto.

— Volte para a pousada. Fique com o telefone a postos porque ele pode ligar a qualquer momento. Ele não tem dinheiro, uma hora precisará de recursos e você será o alvo dele. Tenho certeza de que seu filho será utilizado como moeda de troca. A equipe do Rio de Janeiro está trazendo um equipamento que pode rastrear ligações. Infelizmente não temos esse recurso aqui. Minha equipe vai fazer uma varredura na cidade e mais tarde eu mesmo vou para a pousada para acompanhar a evolução e levar notícias para a senhora.

Olhei para Pedro que prontamente me ajudou a levantar.

— Venha, vamos voltar para a pousada.

Junto a Ana, caminhamos lentamente para o carro. Eram quase cinco horas da tarde e o sol começava a se pôr.

— Vamos só dar uma volta de carro pela cidade, Pedro? Quem sabe eu consiga ver Gael. Eu sei que parece bobagem — eu disse.

— Não é bobagem, Amanda. Vamos. Vou te levar para darmos uma volta. Precisamos esgotar todas as possibilidades.

— Ana, você sabe para onde ele poderia ter ido? — perguntei.

Eu já sabia a resposta para aquela pergunta. As possibilidades eram infinitas. Mas Ana, sabendo que eu precisava de algum consolo naquele dia, disse:

— Sim, existem alguns lugares que podemos tentar.

Chegamos à pousada e já estava escuro. O delegado avisou que se atrasaria para chegar. A equipe do Rio de Janeiro estava próxima da cidade e ele achava mais produtivo fazer um *briefing* inicial com eles para não perder tempo.

— Nessa confusão toda, não conversei com Maria, ela deve estar arrasada — eu disse.

— Eu falei com ela antes de sairmos da escola — disse Ana. — Ela está bem.

Assenti.

A área externa da pousada estava escura. Maria não ligou as luzes do jardim, mas quem teria cabeça para isso em uma hora dessas?

— Pedro, vamos saltar aqui enquanto você estaciona, pode ser? Quero ver se Maria recebeu alguma ligação — eu disse ansiosa.

— Certo. Vou aproveitar e ver se o pessoal da fazenda já está a postos para fazer a segurança durante a noite. Daqui a alguns minutos me encontro com vocês — ele disse.

O caminho até a porta estava muito escuro, mas a lua ajudava a iluminar as pedras pelo caminho. À medida que nos aproximávamos da porta, ouvimos uma música que vinha de dentro da casa. Eu e Ana nos olhamos ao mesmo tempo, como se tentando entender o que acontecia.

De repente a música ficou mais alta. Era um coro de vozes crescendo. Tão logo reconheci a melodia, estaquei onde estava. Em seguida, Ana segurou meus braços e me olhou em pânico.

— Essa música — disse Ana quase em um sussurro.

Eu também conhecia aquela música: era o *Réquiem*, de José Maurício Nunes Garcia. Na liturgia cristã, o réquiem é uma espécie de prece ou missa especialmente composta para um funeral. Aquela era exatamente a mesma música que Roberto ouviu em nossa casa quando ficou trancado no escritório por horas, sem falar com ninguém. Era a mesma música presente no CD que ele fez questão de pegar depois de terminar tudo comigo. E Ana também conhecia aquela melodia. Isso não era um bom sinal. Com o corpo em estado máximo de alerta e sem trocar uma só palavra, nos olhamos e corremos para o interior da pousada como que prevendo o que iria acontecer.

— Gael? Gael? — gritei assim que entrei na área da recepção.

— Do-dona Amanda — disse Maria com um fio de voz.

Eu me virei e vi Maria, sentada no chão e amarrada pelos braços e pernas.

— Maria! Cadê ele? Onde está ele? — gritei.

Imediatamente, Maria olhou para o lado e lá estava Roberto, em transe, ouvindo aquela música que ficava cada vez mais alta com as vozes e tambores que se juntavam à macabra melodia. Ele dançava sozinho e movia os braços como se fosse um maestro conduzindo uma orquestra, alheio a tudo o que estava à sua volta.

Um leve cheiro de querosene pairava no ar.

— Essa música... — repetiu Ana apavorada, deixando aflorar em seus olhos e em sua voz uma dor que eu nunca vi.

Então, de repente, como que saído do transe, Roberto olhou para a mãe e logo depois para mim.

— Olá, mamãe. Olá, Baby. Vocês chegaram! Estavam com saudades de mim? — perguntou com uma voz e um sorriso infantil no rosto. Isso era definitivamente assustador. Vasculhei com o olhar o local em busca de Gael, temendo que algum movimento brusco pudesse causar uma reação inesperada.

— Roberto, essa música... — disse Ana, elevando a sua voz.

— Linda, não é, mamãe? Você se lembra dela? — perguntou Roberto.

— No incêndio... — disse Ana. — Quando seu pai morreu...

Eu queria interromper aquele diálogo maluco dos dois. Eu não queria ouvir aquilo e descobrir mais uma loucura de Roberto. Eu só queria perguntar sobre meu filho, mas algo me disse para ficar calada. Aquele homem que estava ali não era nenhum dos Robertos que eu conheci. Não era o cara com quem me casei, tampouco aquele homem frio e cínico que terminou nosso casamento e me deixou sem nada. Aquele homem agia como uma criança, era instável e me vi novamente com medo do que ele poderia ter feito com meu filho.

— Você se lembra, mamãe? — perguntou Roberto. — Eu sempre uso essa música em momentos especiais. Para honrar a passagem, sabe?

— Roberto — disse Ana, com voz uma embargada e estremecida —, o que você fez com seu pai?

— Ah, papai! Ele precisava complicar as coisas, mamãe? — E de repente a voz infantil deu lugar a outra, dura e implacável. — Claro que ele não ia facilitar. Anos bajulando os dois, eu só queria o que era meu por direito, ter uma vida decente longe dessa gente, e olha o que ele me obrigou a fazer.

Lentamente Roberto andou em nossa direção, saindo da escuridão e olhando diretamente nos olhos de Ana.
— Ah, mãezinha, você quer mesmo ouvir da minha boca? Com todas as letras? — disse novamente com voz infantil.
— Você não seria louco. Ele era seu pai.
— Eu o matei!!! — disse aos berros. — Eu taquei fogo nessa pousada e fritei o papai — disse entre gargalhadas. — Mas eu te poupei, mamãe — disse novamente com voz infantilizada. — Achei que você ficaria abalada e que finalmente daria o meu dinheiro. — E então a voz dura e cínica tomou conta de novo. — Mas claro que não. Você tinha que se fazer de forte, tentar reerguer essa espelunca em honra dele! — gritou chutando a cadeira. — Ah, se arrependimento matasse! Se eu não tivesse um coração tão mole, você teria ido com ele e eu não teria um problema agora. Está vendo o que a senhora fez?
Olhei para Ana e vi que seus olhos estavam vazios. Eu precisava sair dali, ir atrás de Gael antes que fosse tarde demais. Com a voz mais calma que consegui, tentei interferir:
— Roberto, onde está Gael?
— Você é outra, Amanda! Te aguentei por quatro anos, te bajulando e, quando finalmente me canso de você e te dou um chute na bunda, aparece isso aqui — disse ele retirando do bolso um pedaço de papel que parecia ser o contrato de venda da fábrica. — Eu esperei por quatro anos! Parece piada, não? — disse Roberto entre gargalhadas histéricas.
Como não respondi, ele continuou:
— Você era tão inteligente, Amanda, tão ambiciosa no seu trabalho. Era a parceira perfeita, bem diferente dessas mulheres fúteis que tem por aí. Mas depois que seu filho nasceu, você perdeu o foco e mudou. Mas tudo bem, eu aguentei. Ainda estávamos progredindo. Até que você perdeu o emprego — disse pausando. — Sabe por que eu te aguentei desempregada, Amanda?

Quer saber a verdade? Por causa dessa maldita fábrica — gritou, atirando o papel no chão. — Essa porcaria aqui que não saía nunca! — disse às gargalhadas. — Mas eu tinha que saber que incompetência é de família, por isso que seu tio demorou tanto. Mas sabe de uma coisa? Cansei, Amanda! Se eu não tenho nada, você e mamãe também não terão!

O pânico tomou conta do meu corpo, mas eu tinha que manter a calma. A nossa vida dependia disso.

— Roberto, calma. Podemos resolver isso — apressei-me em dizer.

— Resolver? Agora você pode resolver? — disse fazendo uma longa pausa. — Estou curioso. Sou todo ouvidos, Baby.

Olhei com calma para seu semblante em busca de algum sinal, mas ele continuava impassível.

— Eu não sei bem — eu disse, ao mesmo tempo em que ele me lançou um olhar cortante. — Quer dizer — apressei-me em corrigir —, podemos pensar em algo juntos — disse tentando ganhar tempo.

— Tic-tac, tic-tac, o tempo está passando, Amanda, e você resolveu brincar? Eu não vou esperar a noite toda — ameaçou.

Sem tempo para bancar a adivinha, resolvi ser direta:

— O que você quer, Roberto? É o dinheiro da fábrica? Eu te dou. Me devolva Gael que eu te dou todo o dinheiro, por favor! — implorei.

— Tão bonita implorando. Tudo bem, tudo bem — ele disse. — Suponha que eu aceite o dinheiro. Como você planeja resolver a questão com a polícia? Alguma fórmula mágica, Baby? Como fazê-los sumir? Eu não sou otário, Amanda — esbravejou. — Acabou. Para mim e para vocês.

Em um movimento rápido, Roberto tirou do bolso um isqueiro, o acendeu e jogou contra os móveis da sala de televisão. Imediatamente o fogo se alastrou por aquele cômodo.

— Roberto, não faça isso. Gael é seu filho. Ele não tem nada a ver com isso! É só uma criança, por favor! — implorei.

— Sim, é verdade. Mas não vamos deixá-lo sozinho nesse mundo, não é mesmo? Melhor que sigamos todos juntos para que ele não sofra, como eu sofri. Ademais, eu não sou tão ruim assim, ele não vai sentir nada, prometo.

— Roberto, o que você fez com meu filho? — gritei desesperada, com medo do que estava por vir.

— Nada demais, Baby. Gael está dormindo o sono dos justos, em seu quarto, que ficou muito bonito, por sinal. Ele não vai sentir nada, prometo.

Sem pensar duas vezes olhei para Ana, que disse:

— Vá, Amanda, corra!

Mas o fogo começava a ficar mais intenso e como que adivinhando meus pensamentos, Ana continuou:

— Eu vou sair daqui com Maria, não se preocupe. Corra e pegue Gael!

Subi em disparada pelas escadas. Corri para o quarto, chutei a porta e vi meu filho inerte sobre a cama, com os braços e pernas abertos de forma displicente ao lado do seu corpinho miúdo e a cabeça pendida de forma estranha. Imediatamente senti uma dor na nuca, a minha visão escureceu e um zumbido tomou conta dos meus ouvidos. Senti que poderia desmaiar a qualquer momento e me escorei na porta do quarto tentando controlar a respiração, inspirando e expirando o mais pausadamente que conseguia. Roberto poderia ser louco, mas Gael era uma criança e o filho dele. Isso tinha que valer de alguma coisa. Tão logo a visão voltou, com passos lentos me aproximei de sua cama e me ajoelhei ao seu lado. Com as mãos trêmulas, aproximei meus dedos do seu nariz. Não muito confiante no que eu sentia, cheguei mais perto e coloquei meu ouvido sobre seu coração. Gael estava dormindo. Todas as lágrimas que estavam guardadas começaram a cair e me vi soluçando compulsivamente. Mas o fogo se alastrava rápido, a fumaça começou a chegar ao segundo andar. Por isso engoli o choro, peguei Gael no colo e desci pela escada de emergência que ficava do lado externo do prédio. Eu tinha que deixar Gael em um local seguro e voltar para ajudar Maria e Ana.

A escada de emergência tinha sido mais uma das recomendações de Pedro. Na época da reforma ele alertou que ter uma saída de emergência adicional era muito importante. Mais uma das coisas pelas quais eu seria grata a ele. Sem dificuldade cheguei à lateral do prédio e segui correndo pelo jardim à procura de alguém que pudesse me socorrer.

— Amanda! — gritou Pedro. — Que fogo é esse?

— Segure Gael, Pedro.

— O que está acontecendo, Amanda?

— Segure Gael! Maria e Ana estão lá dentro! Roberto colocou fogo na pousada.

— Eu não vou deixar você entrar! — disse segurando meu braço.

— Eu tenho que voltar. Maria e Ana estão lá — gritei.

Diante da minha determinação, Pedro disse:

— Fique aqui. O pessoal da minha fazenda está chegando. Tome meu celular, chame a polícia.

Dito isso, ele foi correndo em direção ao prédio em chamas. Com Gael ainda dormindo em meu colo, me ajoelhei no chão, acomodei-o da melhor forma que podia e, com as mãos trêmulas, telefonei para o delegado.

Os minutos passavam e nada de Pedro. O pessoal da fazenda e os poucos funcionários da pousada se aglomeravam ao meu redor. O delegado ainda levaria dez minutos para chegar, junto com a polícia do Rio e o corpo de bombeiros. Não daria tempo, simplesmente não daria tempo. A pousada seria consumida pelo fogo antes disso.

Olhei para Gael dormindo no chão, acomodado em uma jaqueta de alguma alma caridosa, pensando no que eu poderia fazer. Quando olhei novamente em direção à pousada, eu vi dois vultos. Tentei ajustar a visão e então eu vi que eram Maria e Pedro.

— Pedro! Maria! Graças a Deus!

— Meu menino — gritou Maria —, meu menino! — e correu em direção a Gael. — Se algo acontecesse com você... — disse aos prantos, sentando-se ao lado de Gael e fazendo carinho em sua cabeça.

— E Ana? — perguntei. — Cadê Ana?

Maria imediatamente desviou os olhos. Olhei para Pedro, que disse:

— Ela não quis vir.

— Como? Isso não é possível! Temos que entrar lá e buscar Ana. Os bombeiros ainda vão demorar para chegar — gritei.

— Ela não quer vir, Amanda! Eu tentei! Ela disse que não sai de lá sem Roberto!

— Mas isso é loucura! Eu não posso deixar.

E, sem pensar, saí em disparada em direção à porta que estava completamente encoberta pela fumaça. Tapei meu nariz com a blusa, na tentativa de amenizar o efeito da fumaça, mas foi impossível não tossir.

— Ana! Ana! — eu gritava e tossia ao mesmo tempo.

Era difícil enxergar alguma coisa. Não era possível dar um passo adiante. Meus olhos começaram a arder.

— Ana! — eu gritava. — Ana! Fale comigo!

Fiquei alguns segundos em silêncio para tentar ouvir algo, até que:

— Amanda, saia daqui agora! Vá embora! — disse Ana.

— Ana! Eu não vou sair daqui sem você. Onde você está?

— Roberto está preso, não tem como ele sair — disse Ana.

— Então vem, Ana, por favor! — implorei com os olhos cheios d'água.

— Eu não vou deixar meu filho, Amanda. Ele está doente — disse Ana entre tosses com um fiapo de voz.

— Mamãe? Onde estamos, mãe? Está escuro. Estou com medo — pude ouvir Roberto com sua voz infantilizada.

— Está tudo bem, filho, estou aqui com você — disse Ana.

Olhei para a saída e estava cada vez mais difícil fazer o caminho de volta. Eu precisava tirar Ana dali. Mas eu começava a perder minhas forças. Estava difícil respirar. Tinha que sair dali. "Gael", pensei. Precisava voltar para meu filho. Então, de repente, senti braços me agarrando com força, me tirando do chão e me levando para fora da pousada. Apoiei a cabeça em seu peito, enquanto tossia sem conseguir parar.

— Abram espaço! — a voz gritava. — Abram espaço!

Meus olhos estavam pesados e ardiam por causa da fumaça.

— Água! Tragam água! — esbravejava a voz.

Ao fundo, ouvi o barulho do carro de bombeiros. Eles finalmente chegaram. Talvez ainda desse tempo de salvar Ana.

— Ana — eu disse com uma voz débil.

— Amanda, olhe para mim — dizia a voz. — Olhe para mim, Amanda!

Era Pedro. Eu reconhecia aquela voz. Pedro tinha me tirado de lá.

— Ana ficou — eu disse.

— Você está bem. Você está bem. Graças a Deus — disse enquanto me aconchegava em seus braços.

Virei a cabeça em busca de Gael, que ainda dormia, agora no colo de Maria. Fiquei aliviada em ver que ele estava bem. Depois disso, a escuridão tomou conta de mim, e eu apaguei.

CAPÍTULO 13

Minha cabeça latejava muito e eu respirava com dificuldade. Tentei abrir os olhos, mas fechei tão logo percebi que a luz incomodava.

— Amanda? Você acordou? — perguntou Pedro ansioso.

— A luz — eu disse. — A luz incomoda.

Ouvi uma cadeira ser arrastada e logo em seguida persianas sendo fechadas. O ambiente ficou mais escuro. Devagar, abri os olhos.

— Onde estou? Onde está Gael?

— Você está em um hospital, inalou muita fumaça. Gael está bem.

— Ele está aqui? Quero vê-lo — eu disse tentando me levantar.

— Calma. Você inalou muita fumaça. Se levantar rápido, pode ficar tonta. Gael passou a noite aqui, fez alguns exames e já teve alta. Roberto deu um sonífero para ele dormir e a equipe médica achou por bem deixá-lo em observação, mas ele está bem. Nesse momento ele e Maria estão na minha casa. Tem uma equipe muito grande de peritos e bombeiros na pousada, e deixá-lo em um dos chalés anexos não pareceu ser uma boa alternativa.

Assenti com a cabeça.

— E Ana?

Pedro balançou a cabeça e olhou para as minhas mãos.

— Ela não chegou a sair da pousada.

— Ela não queria deixar o filho sozinho — eu disse em um fiapo de voz. — Gael sabe o que aconteceu? Com Ana? — perguntei preocupada.

— Ele sabe que teve um incêndio na pousada e que você inalou muita fumaça e precisou ficar em observação. Ele esteve aqui de manhã, antes de ir embora, e te deu um beijo — disse Pedro. — Ele não perguntou por Ana, então não dissemos nada.

Olhei para Pedro e reparei que ele ainda estava com a mesma roupa de ontem. Os cabelos estavam desalinhados e o rosto visivelmente cansado.

— Você não foi pra casa — afirmei.

— Não — respondeu.

Olhei para ele e vi que estava se esforçando muito para me dar espaço ao mesmo tempo em que se envolvia de forma tão profunda na minha vida. Vi sofrimento em seus olhos.

— Obrigada, Pedro. Obrigada por me tirar de lá — disse emocionada. — E me desculpe.

Pedro respirou fundo para conter a emoção. Seus olhos estavam marejados.

— Você vive me pedindo desculpas. Foi uma burrice ter entrado naquele prédio, mas eu te entendo. Deixar Ana para trás foi algo muito difícil de se fazer.

— Sim, mas não estava pedindo desculpas por isso. Apesar de me ocorrer agora que eu deveria — eu disse.

— Então você está pedindo desculpas por quê?

— Por te fazer sofrer. Você já teve tanto sofrimento em sua vida, Pedro. Eu não deveria trazer mais dor. Estou até te fazendo chorar.

Uma lágrima solitária escorria pela face de Pedro. Percebi que eu também chorava.

— Eu tive medo de te perder, Amanda. Muito medo. Mas acabou. Não tem mais ninguém te perseguindo, você terá de volta a tranquilidade que merece para tocar a sua vida. E espero que seja ao meu lado.

Vendo-o ali, daquele jeito, o meu peito se aqueceu, e tive a certeza de que gostava dele. Mas eu ainda não estava pronta para dar a resposta que ele merecia.

— O delegado esteve aqui — disse Pedro, tentando preencher meu silêncio.

— O que ele disse? — perguntei, aproveitando a oportunidade para desviar o rumo da conversa.

— Roberto teve a licença médica cassada pelo Conselho Regional de Medicina há pelo menos um ano e estava impedido de exercer a profissão. Alguém o denunciou por realizar procedimentos estéticos, o que estava fora da sua área de atuação.

— Você disse há um ano?

Pedro assentiu com a cabeça.

— Eu ainda era casada com ele — ponderei. — E ele ainda mantinha uma rotina de viagens bem intensa para participar de congressos. Como isso era possível? A não ser que as viagens fossem para outro propósito — concluí.

— Isso mesmo. Provavelmente essas viagens estavam ligadas ao seu novo negócio. A polícia descobriu que ele atuava em várias cidades do país. Com a divulgação do caso nos jornais, ainda chegam denúncias todos os dias. Por enquanto, são ao menos duas mortes e três pessoas com lesão corporal. O delegado do Rio quer marcar um horário para colher seu depoimento. Ele acredita que você possa ajudar a esclarecer algumas coisas — disse Pedro.

— Mas como Roberto fazia isso? Se ele não tinha licença, como ele conseguia acesso a clínicas e hospitais para realizar esses procedimentos?

— Aí é que está. Tudo era muito caseiro, na base do improviso. Nas outras cidades, ele alugava apartamentos de luxo onde realizava todos os procedimentos com a sua comparsa. Aqui no

Rio, ele usava o apartamento onde vocês moravam. O fato é que era um negócio extremamente lucrativo. Roberto cobrava bem abaixo do que médicos da área pediam, mas ainda assim era uma soma considerável que possibilitava manter seu padrão de vida.

— Mas por que ele me roubou se ganhava tanto dinheiro assim? Por que prejudicar o próprio filho?

— Isso só o delegado para explicar a você. Mas, ao que tudo indica, existia uma questão fiscal. Ele tinha dinheiro, mas não podia usar por não ter uma origem lícita. Isso justificaria o fato de ter sacado dinheiro de sua poupança ao longo do tempo, bem como a fraude na venda do apartamento.

— E provavelmente ele veio atrás da gente de novo quando o cerco fechou. Saber que a fábrica dos meus pais tinha sido finalmente vendida deve ter sido muito conveniente — eu disse ironicamente.

— Com certeza. Olha, eu preciso sair logo mais para dar o meu depoimento ao delegado. Eu prometi que iria tão logo você acordasse e estivesse bem. Como você se sente?

— Estou bem. Ainda um pouco cansada, mas acho que deve ser normal, considerando as condições.

— Tudo bem se eu sair agora? Volto assim que o depoimento terminar. Você deverá ter alta hoje. Eu te levo para casa.

— Casa — eu disse. — Parece que de novo eu não tenho casa. Perdemos tudo, Pedro.

— Mas o mais importante ficou — disse ele. — Você sabe que podem ficar comigo enquanto as coisas se ajeitam.

— Sei, sim. Pode ir. Estou bem.

— Está certo. Me ligue se precisar de alguma coisa — disse me dando um beijo no topo da cabeça.

EPÍLOGO

Mas eu não fiquei na casa de Pedro. Tão logo saí do hospital, peguei Gael e fui direto para o aeroporto, com as roupas do corpo. Fui para o lugar onde achei que nunca mais voltaria, Salvador. Precisava me distanciar, para respirar e pensar melhor. Ficar um pouco na terra onde nasci, somente eu e meu filho, parecia ser a coisa certa a se fazer naquele momento. Perder Ana me desestruturou. As imagens e as vozes se faziam presentes na minha cabeça. Não tinha como eu ficar naquele lugar. Eu também não queria que Gael presenciasse os restos da pousada e desse de cara com os inúmeros repórteres acampados no portão que uma hora iriam nos assediar atrás de uma entrevista. Mas difícil mesmo foi conversar com Pedro.

— Eu não estou fugindo — eu disse.

Ele acenou com a cabeça.

— Eu não estou fugindo, Pedro. Eu prometo — insisti. Sentia culpa por não conseguir ficar ali, com ele. — Ouça o que eu vou te dizer. Eu gosto de você. Gosto muito. Mas não posso começar nada assim. Eu confio em você, mas antes eu preciso me sentir inteira, você entende?

Ele assentiu com a cabeça. Ele sempre concordava comigo. Ironicamente pensei que dessa vez eu gostaria que ele não fosse tão educado, que me abraçasse e dissesse para eu não ir. Que tudo ficaria bem. Se eu me sentisse segura, de verdade, talvez eu ficasse. Mas ele não faria isso. Ele também precisava se proteger.

E eu fugindo, saindo dali, correndo daquele jeito, deveria estar machucando-o mais do que poderia imaginar. Mais um sofrimento para adicionar àquele coração que já tinha perdido tanto.

— Pedro — eu disse, mas logo parei. Não tinha mais o que dizer. Faltavam palavras. Então dei um beijo em sua bochecha, peguei Gael no colo e saí aos prantos.

Tio Zeca resolveu toda a papelada necessária para nosso embarque para Salvador. Liguei para ele quando ainda estava no hospital, assim que Pedro saiu. Ele tinha cópia de todos os nossos documentos e com a polícia conseguiu uma autorização especial.

Quanto a Maria, ela estava com namorado novo e iria aproveitar para descansar na casa dele. Por diversas vezes ela me fez prometer que eu voltaria para o Rio.

— Eu vou voltar, Maria. Eu prometo. E depois você tem que me contar esse negócio de namorado. Como assim? E eu sem saber de nada?

— Foi tudo muito rápido. A gente se paquerava de longe. Mas com esse susto danado, ele se declarou e me pediu em namoro — disse timidamente. — Na minha idade, dona Amanda, não dá para perder tempo, né? Vou ficar com ele uns dias, rezando para senhora voltar logo — disse, visivelmente descrente da minha promessa. Afinal, perdemos tudo. Não sobrou nada do prédio principal da pousada.

Apesar da insistência de tio Zeca para que ficássemos em sua casa, preferi ficar hospedada em um hotel por alguns dias. Logo depois, consegui alugar uma pequena casa em frente ao mar na praia do Forte, que fica a oitenta quilômetros de Salvador. Aquele lugar era um pequeno paraíso, ao lado de uma vila de pescadores. Dormíamos e acordávamos ouvindo o barulho do mar. Nós nos alimentávamos de peixe fresquinho quase todos os dias. Éramos apenas eu e Gael. Vivendo o momento presente, sem pensar no futuro.

Gael estava mais bronzeado do que nunca e se enturmou facilmente com as crianças do local. Já eu optei por ficar reclusa. Era educada com os nativos, mas preferi me reservar.

Tínhamos pouquíssimas coisas na casa. Os móveis e utensílios domésticos eram do lugar. Comprei apenas dois conjuntos de lençóis para a roupa de cama de casal, onde dormia com Gael, e duas toalhas de banho que eram lavadas e usadas logo em seguida. Comprei também uns três conjuntos de roupas para cada, roupas íntimas e de banho. Caberia tudo em uma única mala.

Depois de quatro dias na cidade, resolvi tomar coragem e conversar com Gael sobre o ocorrido. Para a minha surpresa, ele digeriu a tragédia melhor do que eu. Ainda sem saber direito que palavras utilizar, fui surpreendida por sua fala:

— Eu sei o que aconteceu, mamãe. Eles morreram — disse com uma vozinha triste.

Ninguém tinha contado nada, pelo menos assim me disseram. Como ele poderia ter deduzido algo sem sequer ter visto os destroços da pousada?

— Como você soube?

— Eu ouvi Maria conversando na casa do tio Pedro — ele disse.

"Deveria ter imaginado isso", pensei.

— Certo. E como você se sente, amor?

— Triste por vovó Ana. Será que ela virou uma borboleta? — perguntou.

Pensei por um momento naquilo que Gael acabara de falar. Lembrei-me de ter lido há um tempo que algumas pessoas na Grécia acreditam que quando alguém morre o espírito sai do corpo em forma de borboleta. Com certeza Gael não deve ter pensado dessa forma, mas a simbologia me agradou.

— O que você acha? — perguntei.

— Eu acho que sim. A vovó Ana também adorava borboletas — disse Gael olhando para o jardim.

— É verdade, ela adorava. Imagino então que ela esteja voando por aí.

Depois de um momento, perguntei:

— E seu pai? O que você sente?

— Não tenho saudades dele — disse simplesmente e começou a brincar com os carrinhos.

Sei que as crianças processam a informação de uma forma diferente e por isso tentei não pensar muito sobre o que aquela resposta poderia significar. "Um dia de cada vez", era meu mantra.

***

Após quatro semanas na casa, enquanto ele descansava em meu colo após o almoço, quase dormindo, ele disse:

— Mamãe, já tá bom.

— Quer que eu pare de fazer carinho? — perguntei.

— Não. Já tá bom da gente ir embora. Eu quero voltar para casa. Tô com saudades de tio Pedro, de Maria, dos cavalos e das galinhas — ele disse.

Casa. Era a primeira vez que aquela palavra fazia sentido para mim. Precisei do meu filho para entender isso.

— Eu também estou com saudades de casa, filho.

— Vamos voltar, então?

— Pode ser agora? — perguntei.

Meu minimalismo se mostrou conveniente. Em alguns minutos coloquei tudo em uma única mala e partimos. Do avião telefonei para tio Zeca agradecendo por tudo e pedi para que ele devolvesse a casa por mim.

***

Chegamos a Teresópolis com o pôr do sol. Com o carro alugado, parei diante do portão da pousada. Saltei do carro e abri o portão. Era estranho e reconfortante estar de volta naquele lugar. O local estava todo limpo e capinado. Nenhum sinal do prédio incendiado, ou do que restou dele. Tiraram tudo. Ou melhor, Pedro tirou tudo. Pensar nele fez meu coração acelerar. Por isso segui direto para sua fazenda. Não queria perder mais tempo. Foram quatro longas semanas sem notícias. Eu precisava saber se estava tudo bem, se ainda existia chance para a gente.

Parei o carro o mais afastado possível da fazenda. Não queria chamar atenção. Não ainda. Preferi concluir o restante do percurso a pé, pensando que isso poderia acalmar meu coração e me ajudar a encontrar as melhores palavras para conversar com Pedro depois de tanto tempo. Abri a porta do carro e deixei Gael sair. Ele foi correndo para o galinheiro. O barulho das galinhas, assustadas, deve ter chamado a atenção. Uma voz grave vinda do estábulo gritou:

— Quem está aí?

Corri em direção ao estábulo, mas estaquei tão logo ele apareceu na porta. E tudo parou. Não sei quem viu quem primeiro, mas pela primeira vez tive medo de ficar perto dele. Medo de que ele tivesse me esquecido ou cansado de tanto esperar. Ele estava bem mais magro do que o normal, com olheiras profundas embaixo dos olhos e me encarava sério. Tentei ler o que seus olhos diziam, mas não consegui decifrar nada.

— Oi — eu disse simplesmente.

— Oi — ele respondeu, sério.

— Voltei — disse com um fiapo de voz.

Pedro continuou parado, me olhando. Eu sabia que agora tinha que dar o primeiro passo, eu devia isso a ele. Respirei fundo e, cheia de coragem, disse o que vinha do meu coração:

— Eu voltei, Pedro. Desculpe-me por não ter mandado notícias, me perdoe. Eu não fugi, só precisava me recuperar. Você merecia mais do que aquele trapo de mulher que saiu daqui há um mês. Eu sabia que podia ser mais do que aquilo. E agora estou bem, estou inteira. Estou pronta para recomeçar tudo, do zero, se você ainda me quiser — disse com a voz trêmula por segurar toda a emoção que ameaçava sair de dentro de mim em forma de lágrimas.

Depois de um momento tenso, ele disse:

— Você continua pedindo desculpas. Não mudou muito — disse com o semblante sério.

— É porque parece que eu vivo fazendo besteiras quando estou perto de você — respondi apressadamente.

Ele olhou para o chão e logo depois sua atenção foi em direção a Gael que nos ignorava, correndo atrás das galinhas.

— Como ele está? Parece que ele sentiu falta daqui.

— Ele está bem — eu disse, disfarçando a minha frustração pela súbita mudança no rumo da conversa. — Crianças se recuperam bem mais rápido do que nós, adultos — afirmei, tentando retomar o ponto principal daquela conversa.

Silêncio.

Como ele ainda continuava sem dizer mais nada, eu insisti:

— Pedro... — mas fui interrompida.

— É verdade? — ele perguntou.

— O quê? Do que você está falando? — questionei confusa.

— Que você está inteira? É verdade? — perguntou novamente. E dessa vez eu vi uma luz no fundo dos seus olhos.

— Sim, é verdade — respondi com lágrimas jorrando que começavam a embaçar a minha visão. — Eu estou inteira, Pedro. E não vou a lugar algum. A não ser que você queira — disse com os batimentos do coração em pausa, esperando por qualquer reação dele que poria fim àquela situação. Para o bem ou para o mal.

— Então você não precisa mais de espaço ou de tempo? — questionou.

Neguei com a cabeça, ainda tensa, com medo de dizer qualquer coisa que pudesse estragar aquele momento.

— Entendo — ele disse por fim.

E, sem dizer mais nada, deu alguns passos na minha direção. Eu não ousei me mexer. Ainda não entendia o que ele queria dizer com tudo aquilo. Quando chegou perto de mim, levou as mãos ao meu rosto e, em seguida, me abraçou forte.

— Só tenho uma condição — disse enfim com o rosto entre meus cabelos. — Vocês não podem mais sair da minha casa, da nossa casa, entendeu? Já ficamos muito tempo afastados — disse com voz ligeiramente embargada.

Assenti incansavelmente com a cabeça e retribui o abraço o mais forte que pude.

— Eu te amo, Pedro. Não quero ir a lugar nenhum que não seja com você — concluí.

— Finalmente — ele disse. — Eu também te amo, muito.

Nesse momento ele soltou meus braços, segurou o meu rosto e encostou seu nariz no meu com um sorriso que aqueceu meu coração. "Sim, eu estou em casa", sorri.

FIM

Esta obra foi composta em Janson Text LT Std 10,5 pt e impressa em papel Pólen 80 g/m² pela gráfica Meta.